모두가 꽃이다

*

참봄

보허당 : 만행의 구도자, 지친 마음을 어루만지는 따뜻한 손길의 스승, 세상의 평안을 기도하는 수행자. 한반도 동쪽 끝, 고래의 전설이 내려오는 곳에 터를 잡고 고래 불(佛)이 된 이.

모두가 꽃이다 : 참봄

초판 1쇄 인쇄 2019년 3월 26일
초판 1쇄 발행 2019년 4월 10일

지은이 / 보허당
펴낸이 / 정용우

편집 / 김재희
디자인 / 장주원

펴낸곳 / 한송뜰
출판등록 2018년 12월 31일 2018-000015호
주소 울산시 남구 수암로 129번길25 301동 2404호
전화 070-8861-4755
전송 052-261-2009

ISBN 979-11-966221-0-7 04810
     979-11-966221-1-4 04810(세트)

이 도서의 국립중앙도서관 출판예정도서목록(CIP)은 서지정보유통지원시스템(http://seoji. nl.go.kr)과 국가자료종합목록시스템(http://www.nl.go.kr/kolisnet)에서 이용하실 수 있습니다.(CIP제어번호: CIP2019007870)

산사에서 보내온 아침 문자

모두가 꽃이다
* 참봄

보허당 지음

참회하옵니다

사람이고 싶습니다
물론 껍데기야 인두겁입니다
사람의 탈을 썼으나
정녕 사람으로 사람다움의, 그 참사람인지
불성을 가지고 있되
그 불성이 불성답게
서로 공존의 마음으로 서로 존중하며
내 할 일 내 소임만 하며 사는지
아니면 내 편견에 사로잡힌 오만불손한 삶은 아닌지
골똘히 다시금 생각해 봅니다

이번 생을 살아오면서
자그마한 마음 울림인
그 마음의 평온을
내 지기들께 이야기한 거리
그 거리로 주절인
아침 휴대폰 편지를 묶어

책이 되어 걸음짓하게 되었습니다
이에 덧붙이는 이번 생 몇 조각
이 세상 태어날 수 있도록
마음의 옷을 만들어 주신
부모님께 우선 감사드리고
나와 공존하며 가없는 세월 함께해 온
모든 것에도 아울러 감사드립니다

부모님이 곱게 만들어 주신 옷,
다 닳으려면 한 백년입니다
업식에 따라 달리하는 옷(몸)
그런 옷 한 벌 주신 부모님께서
약속명 붙여 주신 이름 ○○이고
불법 만나 주어진 이름 ○○입니다
지금에 불리는 이름은 ○○님
이름이 ○○님입니다
그렇습니다
낸 그저 나일 뿐입니다
물론 이름도 없습니다
이름 붙일 만한 자리가 없습니다
내야 이게 내야라고 할 만한 내도 없지만
그래도 늙수그레한 작은 모양
그 모양에 이름을 ○○님이라 붙여 부릅니다
이름이 그럴 뿐입니다

이름마저도 붙일 곳 없는 내
그 낸 그저 나, 내일 뿐입니다
그렇습니다, 이름이 그렇습니다
내 이름이 ○○님입니다.
그렇습니다, 이름이 ＿＿님입니다
이름 없는 낸 그저 한 모양 뙈기
모양 없음에 ＿＿님이
한 뙈기 모양 만들어 주절이니
산이 되고 물이 되고
구름 되고 바람 되어
꽃피고 새우는 속에 맺어지는 열매
그 열매 맛은 쓰고 떫고 달고 시고 매우며
보기도 하고 듣기도 하고
말하기도 하고 냄새 맡기도 하며
느끼는 소소영영이 맺어 감에
악업은 악하게 선업은 착하게
악업 선업 여의었으면 여원 대로
탱글탱글 영글어진 열매 길 갑니다

그 길 등불은 석존의 첫 말씀입니다
"천상천하 유아독존(天上天下唯我獨尊)"과
"자등명 법등명(自燈明法燈明)"하라는
마지막 유언 말씀을 되새김으로
살아가는 길 나그네입니다

내 마음에 새겨짐을 볼 때
석존의 첫 말씀처럼 이 세상에서
나 홀로 존귀해 우뚝한 존재 내입니다
너 홀로 존귀해 우뚝한 존재 너입니다
이럼에 서로의 존중 존귀함으로
살아가는 여정에 지침으로 되새김하며 갑니다
"내 스스로 내를 비추어 보고 세상 이치에 비추어 보며
내 스스로 빛이 되라" 하시고
"이 세상 빛이 되라" 하신 말씀
그 말씀이 길 이정표가 되어
여리지 길 걷는 길 나그네로
허공에 한 점 티끌을 낳는 오점,
깊이 참회 마음 새깁니다
스스로 지은 모든 잘잘못
지금 이렇게 일심 참회합니다
모두가 다 여리지에 이를 날
그날까지 일심참회로 길, 갑니다
모두여, 행복의 바다에 이릅시다

기해년 삼월 어느 날
보허당

1장

불기 2559년 * 여름

청산이니
세속이니
걸림이 없음으로
물들 것 없는 것이
밝은 성품이라네

지난 일
지나가 잡을 수 없으니
친구들이여
순간순간 바르게 삽시다
순간순간에 속지 맙시다

그 무엇에도 머무는 바 없이 보시하라
대가를 바라지 말고 보시하라
오른손이 한 일
오른손 자체도 모르게 보시하라
복 중에 복은
이 세상 그 누구도
모르게 하는 보시바라밀이다

이와 같이 상이 없이 나눌 때
나눔 없는 나눔이며
무한한 가보로
내게 돌아오며 돌아올 수밖에 없는 이치이다

우물 안 개구리
우물 안 세계만 알고
우물 밖 세계 알지 못하듯
내가 안다는 경계는
우물 안 개구리 같고
내가 안다는 경계 훌쩍 뛰어 넘어
맑고 밝은 참나를 볼 때
이 세상 경계는
이미 경계라 할 것도 없는
실다운 진실한 경계라 한다

우리는 온갖 경계의 덫에 걸려
고통스럽게 오늘을 살아가지만
그러나 그럼을 알지 못하고 삶을 살아간다
남을 원망하거나 자신을 자책하면서……
이러한 그 온갖 경계로부터 벗어나려면
나라고 하는 테두리 없애면 되련만……

옛 님 이르시길,

빈 누각에 홀로 달맞이하네
개울 소리 솔바람은 이미 삼경
기다리고 기다리다 기다림이 없는 곳
찬 빛이 대낮같이 산 가득 밝아오네

어제는 헛일로 경주에 가고
오늘 자시는 손짓해 잠 부르는데
그 님
잠님은 새벽 너머로······
축시에 다시 부르지만 인시 너머로
인시는 새벽 예불로 옛 님들께!······
어제 뵙고 오늘 또 뵙고
내일 또······
늘 그리워 뵙고 또 뵙는
님들이여,
사랑합니다

함께하시는 님들이시여!

한 손에는 물병
한 손에는 버들가지 들고
잔잔히 이는 파도 위에
연잎 타고 홀로 건너 온 길
뜻 있어 왔으련만
뜻 있어……

빈손
빛 타고
허공으로 가야 하나
연잎 타고
파도 위로 가야 하나
갈 곳은 어디
여기
여기, 여기인가……

참참
늦은 커피가
잠을 데려 갔네
어디에 갔을까, 잠은?
아무리
찾아도 찾아도 없네
어디 숨었기에
꼬리도 안 보이는지

다 데려 갔나 쿨쿨로
눈은 감기고
머리는 또롱또롱
새벽별
석가모니 별
새벽 쿨쿨
어리석은 별 쿨쿨쿨
하하하
이런
참!?

불현듯
오고 싶은 곳
한달음에 달려오고 싶은 곳이기에
몰래,
아무도 몰래 그렇게 왔다!
와-하!
뻥 뜨인다
두 눈이……
뻥 뚫린다
가슴의 한이……
미륵부처님 오실 곳
자비관음 오실 곳
부처님 진신 사리 오실 곳
지혜광명이 나투실 곳
우리들 꿈 이뤄질 곳
우리가 완성인(人) 될 곳
이곳은 우리가 멈출 곳!

참

참

참,

들리나

들리는가?

관음의 저 소리가

함께 하고자 부르는 노래가

귀 어두워

못 듣는 이 몇이나 되나?

가릉빈가(迦陵頻伽)

저 아름다운 지저귐

듣는 이 몇이나 되나?

이근원통(耳根圓通)

그 노래 울려 퍼짐을……

그 누가 들어 울려 번지게 하나!

그 누가 들어 울려 번지게 하나!!

누가, 누가, 그 누가!

와!
진인이다

와^^*
참사람이다

와!^^!
나만이 사랑하는 사람

와^^
나밖에 사랑할 수 없는
참사람이다 ^^**!??

환

정말 환한 이

그건 나

나, 나……

나는 환한 사람

나는 환한 이!?

나는 모르는 사람

정말

나는 모르는 사람!!!

소쩍
소쩍 소쩍쩍
잘 들린다

소쩍이 우는 건가?
내가 듣는 건가?

소쩍
소쩍 소쩍쩍!?

어둠이 밀려오는 소리에
두 귀는 잠들고
어슴푸레 실눈이 열리는 시간
잠든 귓가에는
부엉부엉 부엉이 자장가
어느 고불의 눈이 저렇듯
안광이 날까?!
부엉이는 옛 님들의 화신일까?
어찌 저렇듯
파랗게 살아 있을까?
어쩜 저렇게 빛이 날까!?
안광이 살아 있는데……
지 마음은 알려나?!……
세상을 한눈에 보려나……
모를 뿐!
모를 뿐, 모를 뿐
모를 뿐!

한송뜰은 곱고 아름다워라

한송뜰은 포근하고 정겨워라

한송뜰은 맑고 맑아라

한송뜰은 밝고 밝아라

한송뜰

빙판보다 더 미끄러워라

한송뜰

수미산보다 높고 높아라

오는 이 많고

가는 이 더 많아

머무는 이 아무도 없네

머무는 이 아무도 없네……

머물 수 없는 이곳

아무도 머물 수 없는 이곳은 한송뜰!

머물 수 없는 이곳은 한송뜰!……

흐름을 따라
거슬러 온 길에
한 송이 처연하게
피어난 꽃

구름처럼 흐르는 길에
초연히 피었어라
아무도 아는 이 없는 이곳에……

아침 이슬은
그 님의 소세 공양이요
맑은 이슬은
그 님의 하루 공양식이네
영롱한 이슬은
그 님의 참얼굴 거울이요

안개 걷히는 골
그 님이 살고 있으니
바람도 살며시 안고 간다네

아침
햇살 퍼지고
안개 서두른 걸음짓
온갖 것
발길을 더디게 하네

한송뜰
작은 연못가 앉아
물옥잠
수련 사이사이 노니는 금붕어들

바짓가랑이 걷어 무릎
물은 깊어 엄두가 안나
그저 바라볼 뿐
그저 바라만 볼 뿐

안개는
저 산 너머로
저 산 너머 너머로

옛 님 이르시길,

참나를 완성해
깊은 사유로 사는
지혜로운 사람은
시끄러움 속에 살면서도
시끄러움에 들지 않고
고요의 열반락에 든다

삶에 감사한 미소를.

그 님께서

한 송이
연꽃 들어 보이심에

??!
어리둥절
갈피를 몰랐습니다

그저 웃습니다
님의 뜻에……
……?

웃습니다, 그저 。

세상
바로
봄

내
육바라밀
행함이었고

크나큰
자비공덕
베풂이었네

길
걸어갑니다
늘
그 자리입니다
가도
가도 그 자리입니다
늘
그 자리입니다
늘
아낍니다, 내 님을
늘
사랑합니다, 내 님을

님 그리운 날.

나는
날개가 없습니다
날개 없는 나는
납니다
높이높이
멀리멀리
저 멀리
나는
난
늘 그 자리입니다
높이높이 날지만
늘 그 자리입니다
멀리멀리 날지만
늘 그 자리입니다
따라쟁이
또한 그렇겠죠
날지만
날지만……

일상을 여의고
자기를 찾는다면
자기와는 아득히 먼 길이네
홀로 우뚝하고자 한다면
'참나' 찾고자 한다면
동트면 아침이 오는 줄 알고
해지면 저녁이 오는 줄 아는
그 도리 속에 있음이네
그렇기에 세상에 둘 없는 이라네

○ 헛틈 없이 갑시다.
웃으며 배려를.

깨달음에
이른 모든 이

절대의
실다움 가운데
차별이 있다는 것을 아는 이

너와
나란
분별의 세계를 나누지 않는 이

깨달음에
이른 그 모든 이

본 성품 가운데
빛깔 없고
빛깔 가운데
본 성품 없지만
그러나
본 성품을 떠나서
빛깔 찾을 수 없다네

아득한
저 옛날의 아름다운 소식이여
오늘에
"와!"
한 소리 그 맑은 바람
온 누리에 따스하게 스미네

지붕이 허술하면 비가 새듯이
마음을 잘 다스리지 않으면
탐욕, 화냄이 나를 지배하여
괴로움의 바다에 들게 된다

청정한 정진으로 무한가보를 삼아
깨달음을 향해 진일보하는 이
훌륭한 법에 이른 부처라 하네

악을 다스려
자신을 잘 지키며
옳고 옳지 않음을
분명하게 아는 사람
이런 사람을
관세음보살이라 하네

세상 일 물거품 같으니

내가

만일 세상에 오래 머물면

옳고 그름 모두 저버려

밝은 성품 물듦 있으리니

밝은 달 품은 자연 벗 삼아

깊은 골

깊은 곳에 한가히 노니리라

청산이니
세속이니
걸림이 없음으로
물들 것 없는 것이
밝은 성품이라네

지난 일
지나가 잡을 수 없으니
친구들이여
순간순간 바르게 삽시다!
순간순간에 속지 맙시다!

현명하고
올바른 벗들을 만나면
어리석음에서 벗어날 수 있고
그러한 사람 만나거든
편안하고
넉넉한 마음으로 함께 가라

옛 님 이르시길,

거짓도 없고 허세 부리지도 않으며

지나치게 탐내지도 않고
이것은 내 것이라고 고집하지 않는 사람

이런 이에게 적당한 때에 도움(보시)을 주어라

복을 얻기 위해
공양을 올린다면……

옛 님 이르시길,

옛적에
석공스님 있었는데
활에 화살을 걸어 놓고 앉아있네
삼십년 세월 단 한 사람의 지기도 없었네
삼평스님 (뜻) 적중하여 부자가 서로 의기가 투합했네
그러나 자세히 돌이켜 생각해 보니
원래 석공과 삼평은 과녁이 아니라
그 받침대였네!

참다운 사람은 밥 먹고 일하고
쉬는 일상에 메여 있지 않고
밥 먹고 일하고 피곤하면 쉬는
그 속에 물들지 않네!

깨달아 마쳤다 함은
아직 깨닫지 못함과 같다 한다네
깨달았다 하는 것은
마음도 없고 법도 없다 한다네

본래 법과 마음을 통달함은
법도 아니고 법 아님도 아니라 한다네

마음, 부처, 중생이 차별이 없다
마음이 모든 형상을 짓는 줄 아는 이가 있다면
그를 일러 부처를 보아
부처의 참성품을 아는 이라 하리라

옛 님 이르시길,

홀로 연못가에 앉아서
물속 깊은 곳에
그대를 만나니
묵묵히 웃음으로 서로 바라볼 뿐
그대를 안다고 말하지 않네!

옛 님 이르시길,

예로부터 시비에 초연한 길손
만덕산에서 겁외(劫外)가 그쳤네(소멸)
나귀도 말도
할 일 다하여 저문 날
먹지도 못한
저 두견새
소쩍다 우짖네!

만들어진 인연은 항상하지 않다네
생겨나고 없어지는 무상한 이치라 하며
그러함을 알고 취함이 없는 마음이,
그 마음이 탕탕한 여래의 법이라 하네

마음이 몸에 있지 않고
몸도 마음에 있지 않지만
모든 일을 낱낱이 지어 자재함이
그 어디에도 비교할 수 없는 참사람이라네

진리는
내 마음에서
찾아야 하거늘
어찌하여
밖으로만 찾아 헤매 도나
내게서 찾으면
극락이 그대 앞에 있네

나날이 즐겁고자 한다면
참이치를 마음 밖에서 찾지 말고
내 마음에서 찾아야 한다네

마음은 만들어진 몸이 낡으면
옷이 낡아 버릴 때처럼 벗어 버린다
우리가 죽을 때
만들어진 모든 것은 아무것도 가져가지 못하지만
모양 없는 마음이 그린 그림은
우리가 남김없이 가져가서 다음 생 씨앗이 된다

그런 이치를 알아
무심하여 집착하지 않으면
영원불멸에 이르리!

지난 일 후회하고
지난 일 잘했다 자랑하지 말자
지난 일 생각할 새
내 마음 잡도리하여
매 순간순간을 바로 살자
그 마음이 미래를 만들어 가니
다가오는 현상에 속지 말고 지켜보며
바른 길로 향하자
몸, 눈, 코, 입, 귀, 뜻 잘 살피자
바른길로 갈 수 있도록!

'오늘은 참 좋은 날 되소서'
자기 자신에게
귀의하는 마음으로……
남의 일 참견하여
번잡한 마음 만들지 말고
여행 끝에 꼭 집으로 돌아오듯이
내 마음 속에 귀의하소서!
자신에게 귀의하소서!
맑고 밝은 생각으로!

쉽지는 않지만
반복하고 반복해서
안 이루어지는 것 없다
흔들림 없는 마음으로
자신의 마음 보려 한다면
언젠가는 만나리
헤어짐 없는 나를!

착한 일을 했어도
착한 일의 열매가 덜 익었다면
지금 받는 고통은
먼저 일의 열매가 익은 결과이다
그러나 착함의 열매가 익었을 때는
그에 따른 복과 덕은
온 누리에 퍼져
그 향기로 가득하리

바름이 뭔지
내 사견에 취해 살던 날들
바름의 지혜
내 사견에 묻혀 모른 날들
바름이 뭔지
눈 열린 날 환한이여!
바름이 뭔지
귀 열린 날에!?……

이 세상 눈에 보이는 모든 것은
진실이 아닌 꿈 같고 헛것 같고
물거품 같고 그림자 같고 아침이슬과 같고
여름날 번갯불같이 인연에 의해 생겼다가
없어지는 것과 같이 생각하고 보면 되리!

하안거 백중을 회향하며

어김없이 7월 보름 백중은 돌아 왔습니다. 3000년이 넘는 장구한 세월을 한해도 거름 없이 그렇게, 그렇게 오고야 말았습니다. 지난 4월 보름에 '입제'라는 이름으로 시작하여 석 달이란 짧다면 짧지만 쉽지 않은 긴 시간을 보냈습니다.

때로는 나 스스로 하기 싫은 마음도 있었고 때로는 타의에 의하여 (아니 지난 그 어느 세월에 본인들이 심어 놓은 업의 씨앗이 나고 자라 오늘 결과를 가져온) 마장이란 단어를 쓰게 하는 불참도 있었지만, 그래도 인내라는 수행 덕분에 오늘 같은 회향하는 날이 왔습니다. 모쪼록 산철이라고 방심하지 마시고 앉으나 서나 오나가나 자나 깨나 언제 어디서나 "나라고 하는 '이것'이 뭘까?"를 참구하시고 또 참구하세요. '이 뭣고' 하고 사유해 보세요! "나라고 하는 '이것'", 바로 그것이 그 장구한 세월을 만들고 부수고 또 만들고 부수며 오늘까지 이어온 것이니까요. 내 인생이라고 하는 길목에서 다이아몬드 같은 보석이니까요.

또 여기서 아주 중요한 말이 있습니다. 익히 아시겠지만, 남이야 화를 내든 말든 욕을 하든 말든 그 어떤 상황이 전개 되더라도 그러거나 말거나 '이 뭣고' 해 보세요! 참나라고 하는 것은 죽지도 나지도 않는 영원불멸한 것입니다. 그렇다면 무엇이 있어 삶을 영위해 나갈까요?

몸이야 길어야 백년 살아갑니다. 그 몸이 사라졌을 때 과연 무엇을 나라고 할까요? 생각해 봅시다. '몸을 여읜 실상이 무엇인지!?' 여러분 자기 자신, 참자기를 여의지 않는 '이 뭐꼬'로 살아갑시다.

우리는 언젠가는 죽습니다. 그 죽음에 이르면 사랑하는 사람도 미워하는 사람도 자식도 친구도 같이 갈 수 없고 같이 가겠다고 따라 나서는 사람도 없습니다. 또 같이 가자고 한다면, 단 한 사람도 안 따라 갈 겁니다. '홀로 가는 이 길' 나 자신을 위해 집착과 사랑과 탐욕에 어리석지 않은, 그런 우리가 되어야 할 겁니다. 그래야 원망, 원한이 없는 인생의 길을 갈 테니까요. 원망과 사랑하는 마음만 없어도 무심이라는 도문(道門)에 들어가는 지름길이 열릴 겁니다.

부디 방심하여 헛되게 하루하루 희희낙락 보내서 윤회의 고리 잡지 마시고 나라고 하는 '이것', 그 '이것'이 무엇인지 골똘

히 살피고 살펴서 헛된 하루가 아닌 참된 찰나, 찰나가 되시길
간절히 바라고 바랍니다.

이렇게 너와 나를 모으는 합장으로서 길벗 여러분과 함께 금
년 백중절(우란분절)을 과거로 보내는 의식을 마칠까 합니다. 함
께 가는 이 길, 하나가 아닌 하나가 됩시다. 너, 나가 아닌 나가
됩시다. 개별이 아닌 우리가 됩시다. 함께 손 맞잡고 갑시다. 우
리 함께 손잡고 나뉨 없이 도태됨 없이 그렇게 갑시다. 모두여
행복하소서……

나무 마하반야바라밀。

우리가 완전함에
이르지 못함은
모든 욕심으로 인하여
생사의 갈림길을 따르기 때문이다

날마다 하는 일이란

오직 내와 함께할 뿐이다

모양(헛것)이
무(無)에서 생겼다가
모양(헛것)이
사라지면
본 성품은 원만하여
흩트러짐이 없다 한다

2장

불기 2559년 * 가을

밝게 오면
밝음으로 만나고

어둡게 오면
어둠으로 맞이하며

사방팔방에서 온다면
두 팔 벌여 휘돌며 맞이한다

허공이 오면
하하하 웃으며 맞이하리

밝게 오면
밝음으로 만나고
어둡게 오면
어둠으로 맞이하며
사방팔방에서 온다면
두 팔 벌여 휘돌며 맞이한다
허공이 오면
하하하 웃으며 맞이하리!

참나란 큰 허공 같아서
원만하기 그지없고
모자람도 없고 남음도 없네
이와 같지 못한 것은
나는 부족하다는 생각,
그 한 생각이 만든 것이라네

옛 님 말씀하시기를,

입에 쓰면
좋은 약이라 말한다
거슬리는 말
마음이 상하더라도
충언임을 알고
말해 준 이에게 감사하고
그와 같이
마음을 다스려라!

삶과 죽음,
중생과 부처,
한가지로 허공 꽃의 모습이라네
사유도 헛것인데
허망함을 말하지 말자
마음을 요달하면
완전함에 이르리라

실다움에
참이치(진리)는
취할 수도 없고
버릴 수도 없고
말로도 할 수 없고
진리도 아니고
진리 아닌 것도 아니라네

마음이
모든 씨앗을 머금어
촉촉한 인연을 만나면
모두 다 싹을 틔운다

삼매(三昧)의 꽃이란
모습이 없다 한다
그렇다면
무엇이 무너지고
무엇이 이루어지랴!

여섯 문
텅 비어
넓고 넓은 곳인데
악마니
부처니
나눌 것 없음인데
그럼에
무엇을 찾아 헤매랴
햇빛 아래에는
흰 구름
먹구름 오갈 뿐이라네

나란
내 마음이 비롯되어
생겨난 것이라네
마음이
일어나지 않으면
생겨남이 없고
마음에 생겨난
탐·진·치 없으면
이 세상
모두가 편안하리!

마음이
일어나는 모든 연을 없애고 없애며
마음이
헐떡이지 않으며
마음이
큰 바위 같아서
흔들림 없으면
무상대도(無上大道)에 든다 한다네

옛 님 쓸쓸히
한평생 돌아들어
옛 얼굴
옛 모습 버리고
지금 모습으로 돌아오니
사람은 앳된 모습이나
마음은 그대로라
예 더듬어 보니
오고 감을 알았네

옛 님 이러히 말씀하셨네.

사람 목숨이란
물거품 같은 것
팔십여 년을 꿈속 같이 살아가네
가죽으로 된 포대 버리고
고향으로 돌아가는 이치란
한 덩이 붉은 해
서산에 지는 것 같네
돌고 돎이라네

옛 님 이르시길,

한 가지 생각이 일어나 행함이
참된 성품의 연기(緣起)라네

옛 님 이르시길,

마음이 두루 나타나면
모래 수의 세계를 덮고
마음을 거두어들이면
하나의 티끌 속에 드네
아는 이는
이것이 불성인 줄 알지만
알지 못 하는 이는
정혼(영혼)이라 부르네

옛 님 말씀하시기를,

비열한 짓을 하지 말며
게으름을 피우며 건들거리지 말며
잘못된 생각에 따르지 말며
이 세상의 근심거리를 만들지 말라

옛 님 이르시길,

몸과 말과 생각이 청정하면
이것이 부처님이 세상에 나오심이라 이름하고
몸과 말과 생각이 청정하지 못하면
이것을 중생이라 이름한다

흐르는 물에는
사물이 비추어지지 않는다
오직 고요한 물에만
사물이 비추어지듯이
일렁이는 마음을
맑고 고요히 한다면
언젠가는 만나리
자기 자화상을……

금강석은 유상을 깹니다
금강석 같은 마음으로
일어나는 번뇌, 망상을 깬다는 이야기입니다
이 뭐꼬 안에
사랑과 믿음, 존경, 존중, 미움, 악함 등등이
활화산처럼 도사리고 있답니다
모두를 그대로 볼 수 있는 마음
그것이 금강석(金剛石)입니다
모든 것을 사견으로 보며 행하는 것
그것이 잡석(雜石)입니다

늘 모두를 아끼며 사랑하는 사람이.

옛 님 이르시길,

복은 베푸는 데서 오고
원망하는 마음 없으면
자유자재를 얻으리
착한 일 하면
악한 과보 받지 않고
탐내고 화내고 어리석지 않으면
열반에 들리라

옛 님 이르시길,

마음이 성품을 깨달아 알 때는
부사의(不思議)라고
말할 수 있으나
완전히 깨달으면
말할 수조차 없네
말할 수 있다면
안다고 말하지 말라

사람들은 누구나 말한다
행복해지고 싶다고
그러나 사람들은
진정한 행복이 뭔지 모른다
행복하려면
행복을 받을 마음이
수련되어 있어야 한다
어떤 결과든
감사할 줄 알아야 한다
내게 주어진 모든 일에
탓과 원망이 아닌
감사의 마음이 되어야
진정한 행복을 아는 이다

옛 님 이르시길,

다른 이의 마음을 밝히고
예와 지금을 알고
있음과 없음을 싫어하지 않으며
법을 취하지도 않고
현명하지도 어리석지도 않고
미혹도 깨달음도 없나니
이렇게 아는 것이
부처라 이름하네!

옛 님 이르시길,

부드러운 마음으로
일어나는 화를 다스려라
배려하는 마음으로
악함을 다스려라
베풂으로 인색함을 다스려라
진실함으로 거짓을 다스려라

순간의 스침은
내일에 씨앗이 된다
순간의 만남은
내일에 싹이 된다
순간의 행위는
내일에 꽃이 된다
순간의 이룸은
내일에 열매가 된다
그럼을 알고
매 순간순간을
참나로 귀의하자
그럼을 알고
매 순간순간을
참마음으로 살자

옛 님 이르시길,

나고 죽음이
여기 있음에
머뭇거리고
나는 가겠노라
말도 못 하고 갔네
어느 가을 부는 바람결에
여기저기 떨어질 잎새처럼
한 가지에서 났으나
서로 가는 곳 모르니
아,
미타찰에서 만날 우리
불도 이루어 기다리리!

혜월과 선향
몸과 말과 마음이
여물어 가려는 이들
지혜로운 달
묵묵히 향 번지는 이
그 님들과
한 장의 그림을 그린다
돌솥에 밥 짓고
돌솥에 찻물 다려
노란 유자 향에
달빛 물들이고
노란 유자 물에 향기 넣어
누룽지 커피에선
선다(禪茶)가 풍덩풍덩
너, 나, 또 너
가을 향 짓구름
번져 가슴을 적시네……

발부리에 걸린 돌일지라도
나와 인연의 소치다
이 세상 그 무엇이든
나와의 만남은
그러한 인연 속에
이루어져 만들어진 것이다
그럼을 알고
소중함으로 발전시켜
내일의 만남을
좋은 인연으로 만들자!

옛 님 이르시길,

오염 중에도 더 더러운 때는
마음이 어리석음이니
수행자들이여
더러운 때를 씻고
때가 없는 맑은 사람이 되라

옛 님 이르시길,

마음이 안정되지 않고
바른 진리를 모르며
믿음이 흔들리는 사람에게
지혜는 완성되기 어렵다!

옛 님 이르시길,

마음은 들떠 흔들리기 쉽고
또한 지키기 어려우며
마음의 요동은 억제하기 어렵다
지혜로운 사람은
마음 다스림을
활 만드는 사람이
화살을 곧게 하듯 한다

오곡백과가 여물고
초승달도 여문 팔월 한가위
을미년도 여물어 가을인데
우리는 언제쯤
여물어 알알이 될까?
우리는 언제쯤
여물어 텅 빌까?
창고는
차곡차곡 쌓이고
들판은
텅 비는 계절인 오늘!……

참
짝할 이 없는데
무엇을
찾아 기웃거리나
여지없이
짝할 이 없는데
오라 해도
돌사람인데
돌
사람 웃는 날
그날은 ○○○!?……

어제는
갈 비가 내리더니
오늘
새벽별
유난히 반짝이네
파란 하늘,
반달, 새벽별, 별, 별
누구일새라
자기만의 향연 반짝 반짝
한송뜰 자락에 드리워 새벽 놀이
한송인이여
이와 같이 빛나리라
이와 같이!

옛 님 이르시길,

내 몸에 있는 여의주를 얻게 되면
세세생생 활용해도
끝이 없음을 깨닫고
사물이 서로 밝게 맞이하네
그러나 찾아보면
원래 아무것도 없다네

옛 님 이르시길,

깨달음은 마치
허공 꽃 같아서
삼세가 평등하고
오고 감이 없다
깨달음의 경지에
들고자 한다면
이와 같이 보면 되리

지나간 일과 마음에 끄달리지 말자
과거는 죽은 사람과 같아
이 세상에 없는 것처럼
지난 일들도 그와 같음을 알고
에너지 낭비 말고
현재
지금에 충실하자!

뒤돌아보아도 끝이 없고
앞을 내다봐도 끝이 없네
오른쪽을 보아도 쭉 이어져 있네
위를 보아도 막힘이 없네
아래를 보아도 막힘이 없네
그럼에
홀로 점 하나!

옛 님 이르시길,

백발이 되어도
마음은 늙지 않는다고
옛 님들 말씀인데
이제 대낮에
닭 우는 소리 들음에
대장부 할 일 다 마쳤네
홀연히 나를 보고
온갖 것이 다 이것
보배로운 천만 말씀
원래 하나의 빔이었네!

옛 님 이르시길,

길을 걷다가
문득 고개를 돌려 보니
산 뼈가
구름 위에 서 있네!

옛 님 이르시길,

'더없는 행복'은
세속 일에 있으면서도
마음이 흔들리지 않고
근심과 걱정과 더러움에서 벗어나
평온한 것,
이것이 더없는 행복이다

옛 님 이르시길,

진실을 말하라
그리고 화내지 말라
가진 게 적더라도
누가 원하면 망설이지 말고 주어라
이 세 가지를 행하는 이는
행복의 세상에 이를 것이다

옛 님 이르시길,

항상 남을 존중하며
공손한 마음으로
윗사람을 섬기는 이
아름답고 편안하여
현명함에 이르는
복이 더욱 쌓인다!

옛 님 이르시길,

나쁜 벗과 사귀지 말고
남을 헐뜯는 무리들과 어울려 물들지 말며
어진 벗과 사귀고
지혜로우며 남을 자신처럼 생각하는
그런 이를 믿고 따르라

옛 님 이르시길,

내 허물을 지적하여
경책하는 지혜로운 이
그런 사람을 만났으면
그를 따르라
그는 숨겨진 보물을 찾아 준
은혜로운 이
그런 사람 따르면
좋은 일 있으며
결코 나쁜 일 없으리라!

옳고
바름을 가르치며

옳지
못함도 가르쳐

바른길로
이끄는 사람을

착한 사람은
존경과 사랑하는 마음으로 따른다

착하지 않은 사람은
비방하고 미워하면서 나쁜 씨앗을 심으니

끝내는 괴로움의
고통을 받게 된다!……

누구에게나
신령스러운 마음의 거울이 있다
그 마음의 거울은 맑고 깨끗해
무엇이 오든 비춘다

푸른 것은 푸르게
붉음이 오면 붉게
더러움이 오면 더럽게
맑음이 오면 맑게
밝음이 오면 밝게 비춘다

거기에는 이런저런 이유가 없다
그냥 그대로 비출 뿐이다!

사람들은 생각한다
비밀이 있을 거라고
하지만 비밀은 없다
자기 자신이 알고 있으면
어느 누구에게
말하지 않더라도
우주 전체가 알게 된다
생각이 일어나는 순간
우주 전체가 알게 됨은
우리가 연결된 하나이기 때문이다

옛 님 이르시길,

잠 못 이루는 사람에게는
기나긴 밤이고
지쳐 있는 사람에게는
가까운 거리도 아득하여 멀어라
그렇듯
바른 진리를 알지 못한 이에게는
태어나고 죽는 윤회의 밤길은
아득히 멀고 멀어라!

오늘은 좋은 씨앗을 심자
힘들고 거침이 다가와도
억지로라도 웃자
웃으며 이렇게 살피자
이렇게 모든 걸 아는 마음
이 아는 이것이 뭘까?
'아는 이것' 무엇일까?
이, 뭘까?
내 안에서 찾아보자
내 안에서 나라고 하는 이것을
무엇이 보고 듣고 느끼고 아는지
생각해 보자

오늘은 월요일
휴일에는 잘 쉬셨는지?
우리는 휴일을 노는 날
쉬는 날로 알고 있다
그러나 쉬는 날은커녕
쉬는 찰나도 없다
매 순간 다른 움직임을
하고 있는 것이다

잠을 자면 기억나는 꿈
기억 못 하는 꿈과 사투
일상에서는 이 생각, 저 생각으로
쉼이란, 휴일이란
빨간 숫자의 날이 아니다
일 하면서도
일 하지 않는 법을 알면
진정한 쉼이라 한다

옛 님 이르시길,

다스리기 어렵고 경솔하여
치닫는 욕망을 따라
헤매는 마음을 잘 절제하여
고요에 들자
잘 다스려진 마음은
안정과 평온을 가져온다

나라고 하는 것
어디서 왔으며
또한 어디로 갈까?
내 시작은 어디며?
내 끝은 어디일까?
과연 죽음은 끝일까?
극락과 천당은 있는 걸까?
부모님 만나 태어났고
자라서 늙어 죽게 되면
난 또 무엇이 될까?
그 곳은 어디일까??
한 번쯤 깊이 살펴보자
나 자신을

거칠고 폭력적인 말하지 말자
또한 거칠고 폭력적인 말 들었다 하더라도
내게서 멈추자
이 뭣고!? 하며 한숨 돌리자
똑같이 되돌려 주는 한
악업은 끊이질 않는다
거침은 어느새 내게로 다가와
보복이란 되돌림을 받게 된다

옛 님 이르시길,

마음 달 홀로이 밝고 밝아
그 빛은 삼천대천세계에 두루하네
빛은 거울을 비추지 않고
거울 또한 존재하지 않네
빛과 거울은 존재하지 않으니
이, 무슨 물건인가
이, 무슨 물건인가?!

옛 님 이르시길,

두타행(頭陀行)은 보배 창고이며
계는 생명의 감로 젖줄이므로
계 · 두타행 잘 지키는 이는
죽음 없음을 이루리

내게는 사(四)좌가 있는데
늘 묻고 다닌다네
이것이 뭣고 하고?
알든 모르든 묻네
이 뭐꼬 하고!
아는 사람이든
모르는 사람이든
이제는 안다네
내 안에 답 있음을……
답답하지만
찾아낼 거네
내 사좌 진인은
하하하!

내게는 사(四)좌가 있는데
늘 묻고 다니던 것
버리기로 했나 보네
삼년 승진시험
공부하기로 했다네
먹고 자고
잠에서 깨면 산책하고
허송세월 보내지 않으려
시험공부 한다네
참! 잘한 일인데
쯧쯧쯧!!!
뭐가 허송세월인지도 모르면서
시험공부는 뭣이 하는지?
호랑이 잡으러 호랑이 집에 갔다가
호랑이 무서워 여우 굴로 도망쳤네
여우인들 잡으려나
열공하다 보면 알려나?
뭣이 승진하는지를······
진인을 아끼는 진인이

모름을 아는 일보다
세상에서 더 이상은 없다
어리석음이 완전해지는 것
깨달아 무엇에도 걸림이 없는 것
어리석음을 완전히 벗어나고
모름을 완벽하게 벗어나면
그런 사람을 이름하여
성인이라 부른다

길을 가다 가만히 서 있다
들린다
온갖 것이 다 몰락 한꺼번에 들린다
보인다
온갖 것이 다 한눈에 들어온다
동시에
한 반경을 다 보고
다 들을 수 있다
무엇이 보기에
눈 하나 가지고 다 볼까?
무엇이 듣기에
동시에 다 들을까?
뭐꼬? 뭣고?
이 작용하는 이것이 뭐꼬?
살펴들 봅시다
나라고 하는 게 뭔지!?

쪽빛 하늘 따라
흐르는 가을 길목
하늘하늘 코스모스
바람 따라 흔들리고
단풍진 잎새들
바람결 따라
고향으로 달음질하여
엄마 품속에서 뒹구는 소리
바스락 바스락!

옛 님 이르시길,

몸은 헛것과 같은 것
늙고 병들어
언젠가는 없어지는 줄 알면
마음은 청정하여 즐거움을 얻어
더없는 자유로 기쁨을 누릴 것이다

옛 님 이르시길,

지어내어 말한 것을
참됨이라 한다면
지어냄이나 참됨이
둘 다 진실이 아니라네
참됨도 참됨이라 할 수 없고
참됨이 아닌 것도 아니라네
보는 주체와 보이는 형상을 어찌 나누려 하는가!

오늘 행복한 날 만듭시다
인생사 '새옹지마'라고
시시각각 변하는 마음에
이런저런 근심 걱정거리들
그 애환에 끌려가지 말고
즐거움으로 전환시킵시다
안 좋은 일은
내일에 행복을 가져올
밑거름이라 생각하시고
웃는 얼굴로 근심 걱정
휴지통에 슬쩍……
웃음은 행복을 부르는
가릉빈가입니다
늘, 행복 만드소서

내가 있기에
내 세상이 있는 것이다
나라고 하는 이 몸이
죽고 없으면 각자 자기의
세상도 없어지는 것이다
그럼을 알아
자기 자신을 소중히 생각하여
어떠한 스트레스도 받지 말자
남이 나에게 뭐라 하든
마음으로 바보처럼 웃어 보자
남의 탓은 절대 하지 말자
남 탓하려면 내 마음부터가 힘들어진다
남 탓할 새 좋은 일 있겠지
하고 마음을 바꾸자
탓은 악업이고
좋은 일 있겠지는
착한 업이며 복을 불러온다
탓과 원망은 재앙을 부른다
미소로 탓을 행복으로 승화시키자

새벽녘 달빛 따라
산책 길 나섰네
간밤에 내린 서리로
고추니 호박넝쿨이니
소금에 절인 양 되었네
이리 추우니
푸르름이 저리 절여졌고
나 또한 언젠가
저리 절여질 텐데!……
달빛 내린 새벽길
코도 볼도 몸도 춥다
뭐가 알까?
뭐가 춥다고 알까?

인연으로 조합된 몸이란
언젠가는 흩어지는
허망한 것이라 할지라도
소중한 것임을 알아
예쁘게 건강하게
아름다울 수 있도록
잘 관리하여
더없는 행복에 이르자

지혜로운 이는
생각을 넓고 깊게 하며
인내로 기다림을 알며
번뇌 망상으로
쉼 없는 마음의 요동을
언제나 부지런히 다스려
그 어디에도 견줄 수 없는
대자유를 얻으리

이 세상 어디에도
자신만 한 사람 없다
잘났든 못났든
이 몸 이대로가
자신에게는 최고다
생김새로 비교하여
주눅 들지 말고
단 하나뿐인 명품인
자신을 돌(존중)보자
참명품임을 스스로 인정하여
무한가보로 뜻깊게 살아가면
더없는 행복에 이른다
난!
'단 하나뿐인 명품이다'로
멋지게 하루 시작하자!

자신의 인생을
세상 누구도 대신할 수 없다
밀린 업무, 밀린 숙제를
다른 사람이 해줘서
일은 마무리가 됐어도
그건 그 사람이 한 것이지
자신이 한 것은 아니다
다른 사람에게 부탁한 행위가
자신이 한 일
그러하듯 인생길은 늘 홀로다
대신이란 없다
게으름에서 깨어나자
깨어나 올곧게 살자
바름으로 자신을 늘 살피자!

옛 님 이르시길,

저녁 구름이 서산마루에 합하기 직전
아스라한 틈새로 먼 산 너울은
끝없이 출렁이고
그 푸른빛은 층층이 쌓이네

늦가을 붉은 사과가
주렁주렁 달려 있어
마음에 풍요를 안긴다
가을바람이 실어 나른
열매의 달콤한 향기는
그 추운 겨울을 지나
봄부터 지금까지
쉼 없는 외풍을
모질게 견뎌온 결과다

힘듦 없이는 향기가 가득한
세상을 만들 수 없다
온전한 완성을 이룰 수 없다
우리도 이와 같이
진향의 진수를 위해
진일보하는 마음과
미소로 하루를 엽시다

옛 님 이르시길,

이 세상에 온 것도 이와 같더니
이 세상 떠나감도 이와 같구나
오고 감이 한결같아
맑은 바람이 만 리에 부네!

이 세상에서 단 하나뿐인

최고의 '명품님'

명품은 명품끼리

시기 질투하지 않지만

사람들은 시기 질투 견제합니다

우리는 이제 명품이기에

빛나는 참명품(성인)으로

최고의 품위를 지킵니다

어디에도 견줄 바 없이

홀로 우뚝한 '품격 있는 명품'으로

오늘을 시작하고 또한 마무리합시다

해마다 대입생들
골 아프게 하는 수능시험
편안한 마음으로
시험 보길 간절하게
두 손 모아 기원한다

우리가 몰라서 그렇지
우리는 매 순간순간 수능을 본다
점수에 따라 지옥으로, 중생으로, 보살로,
부처로의 지위에 들게 된다

그런 업의 수능을
1초도 거르지 않고 보며
키질을 당하고 있다

참스럽게 살아야 한다
거짓 없이 살아야 한다
손해 보는 것 같더라도
진실 되게 살아야 한다
그러한 '이'만이

'참이치'(진리)에 들며
더없는 행복에 이른다

미소를 참스럽게.

벌어진 일들을 빈틈없이
잘 처리한다 하더라도
공정한 사람이 아니다
모든 일에 있어 옳고 그름을
정확히 아는 사람이
현명하여 공정한 사람이다

현실은 현실이고
실상 또한 현실이다
실상은 실상이고
현실이 실상이다
분별하지 않으면
모양이 모양 아님을 알고
마음에 증득됨은
아상이라 하지 않네
마음으로 취하여
내 것, 그런 것이라고
고집부리는 것이
버려야 할 아상이라네

몸이란 덧없고
항상하지도 않으며
번뇌와 고통으로 가득하고
모든 병의 집합체이며
언젠가는 흩어진다네
그러기에 믿을 것이 못 되며
그럼을 알고 죽지 않는
진정한 주인(참나)을 찾아서
만들(태어남)고 부서지(죽음)는 일
'그런 일' 없는 세상 이룹시다
그럼 무엇이 주인일까요?
죽지 않는 그것이 뭘까요?
참구하고 참구하여 봅시다!

덧없는 몸은
진정한 나이고
이어진 길이라네
모든 번민, 시름에 초연하여
시방법계에 두루하면
정각을 이룬다 하고
참나를 보았다 이름하네
지금 이대로가
니르바나 세계임을 바로 알면
이어진 길, 길손이라 하리

을미년 십일월 열이레
비가 오네요
겨울을 맞이하는 비가
을미년을 묻어 버리는 계절, 겨울
쌀알쌀한 비가 마음에 스밉니다
고향 갈 길은 아득한데
움츠림이 더욱 시린 비입니다
저리 처절히 내리는데
허공에는 아무 흔적 남지 않습니다
허공은 비라 하지도
비가 아니라고도 하지 않습니다
그럼 뭐가 비라고 규정지었을까요?
뭐가 그렇다고 알까요??!
오늘 겨울비 내리는
십일월 열이레 아침……

십일월에 한가롭고 한가로운 오일장날
고요히 맑음을 파는
장 한가운데 길손
여기저기 미래님들은
이런저런 그림 그리고
살 사람 없어
팔 것 없는 길손 가난
갈바람도 시려하는데!……
이 무슨 일인가?
이, 무슨 도리인가?
‘낼모레면 한로인데’

어디에도 견줄 바 없이
홀로 우뚝한 '명품'님
빛나는 그 존재 가치를
오늘 어찌 활용하시렵니까?
또 다른 우뚝한 님이 괴롭고 힘듦에서
벗어날 수 있도록
이 세상 존재 가치를
심어 드림이 어떨까요?
부족해 보이고
원수 같고 미운 님이라 해도
'님'께서는 훌륭하여
존경받을 만하다고
자애로운 마음과 미소로
자신의 손색없는 명품을
전달하는 하루가 되어 봄,
참! 괜찮을 것 같습니다

옛 님 이르시길,

참다운 성품에는
만들어 감이 없음으로
인연으로 생기는 것은
모두가 헛것 같은 것
만들어 가는 일 없으면
생기고 사라짐도 없다네
진실하지 않으면
허공에 꽃과 다를 바 없다네

참다운 행복이란
기쁨과 즐거움
많은 말하지 않는다
만들어진
삼라만상 모든 것은
그 유효 기간이 있다
기쁨과 즐거움도
다하면 사라진다
그럼을 알아
괴로움과 슬픔
기쁨과 즐거움을
초월하여 고요함을
참다운 행복이라 이름한다

끝이라는 생각으로
헛됨을 만들지 말자
끝이라는 생각으로
함부로 살지 말자
여기서 저기로
옮겨 간다고 얄팍하게
눈가림으로 살지 말자
여기서 뿌린 씨앗은
그곳에서 받게 된다
어제가 오늘이 된 것처럼
반드시 오늘이 내일이 된다
어디에도 숨을 곳 없다
내 행위, 내가 알므로
감추려 해도 감출 수 없다
'우린 다시 만날 인연 조합이기에'
반듯하게 진실하게 살자
미소 지을 내일을 생각해서……

그리 곱던 단풍
고운 색 마르기도 전에
겨울 재촉에 비가 되어
시린 맘 싣고 떠나네

그 고움이 비가 되어 길 따르는데
비가 낙엽인가??!
낙엽이 비인가!??

참, 참, 참!
뭣이 이렇게 알까?

뭣이!!!
단풍 비 내리는 늦가을에!

오늘도 밝은 미소로 엽시다.

길 다한 '곳'
그 '곳'에서
온갖 것으로부터
자유로운 길 찾고
홀로 우뚝함이
미혹하지 않는다면
홀로 우뚝함을
더럽히지 않는다면
홀로 우뚝함을
반듯하게 쓴다면
홀로 우뚝함을
확실하게 안다면
홀로 우뚝함을
교만스러이 쓰지 않는다면
임기응변이 뛰어난 이보다는
더 훌륭하여 대자유를 누리리!

오늘은 자애로운 미소로 하루를.

우리는

탐 : 지나치게 욕심 부림에서
진 : 견주고 성냄에 이르렀습니다
치 : 어리석음은 탐내고 화냄이 윤활유 역할을 합니다

벗어납시다!
어리석음에서, 지혜롭게
성냄에서, 자비와 사랑으로
욕심쟁이 나에서, 모두로
삼독 '탐·진·치' 벗고
하나가 서로가 되도록
서로 손잡고 강강술래 하듯
하나하나가 둥근 하나임을
그런 하나임을 압시다!

그래서 오늘은 환한 미소로.

겨울인지도 모르고
장맛비처럼 내리던 비
오늘 흰 눈 되어 버렸네
소설(小雪) 집에는 비 없고
눈만 가득 쌓여 있는지
세찬 바람에 눈이 넘쳐
보라로 세상을 나네
바람으로 날개 삼아
새처럼 나비처럼 날매
마음은 열여섯 "와!"
과거심 불가득인데 어쩌지
모르겠다, 모르겠어?!
지금은 음력 시월 보름 해시……

오늘은 동안거 입제일.
이 순간까지 1초도 헤어짐 없는 나와 난데 이 몸 조정하는 '이것' 뭘까요?
무엇이 이렇게 몸을 움직이게 할까요.
'무엇이?', 한 철(석 달) 깊게 사유해 봅시다.

부드럽고 고운 말 보내면
내 입가에는 미소가 흐른다
거칠고 심한 말 보내려면
내 마음은 부글부글
헐크처럼 변해 버린다

남이 내게 찡그린 마음 보내더라도
마음 상하지 말고
내면으로는 웃자, 초연해지자
내가 남에게 화내려면
내 자신부터 그 화로
고통을 받으며 괴로워한다
그럼을 알고 바보처럼
그냥 티 없이 맑게 웃자
참으로 쿨하게 웃어 보자
웃으면 마음 맑고 밝아진다

그럼 오늘은 활짝 웃으며 시작.

옛 님 이르시길,

자신이 해야 할 일을 소홀히 하고
자신이 해서는 안 될 일을 하면서
방종과 교만에 빠지는 사람들에게
번뇌의 업은 쌓이는 눈처럼 쌓여만 간다

오늘도 행복한 웃음으로 시작합시다。

예전 사람들
이러히 말씀하셨네
완전함에 도달한(깨달은) 이
한 사람만 있어도
세상은 맑아진다고
맑음 밝음의 종결자,
그대들이 되어 보는 건 어떠한지?
어리석어 힘듦에 들지 말고
금강 같은 지혜로
텅 빈 무심에 들어가
대자대비가 될 수 있도록……

오늘은 머금은 미소로。

어디서부터 시작했는지?
어디까지 왔는지?
어디까지 가야 하는지?
작년도 모르겠고
올해 또한 모르겠네
내년인들 알려나??!
참! 참! 참!
햇살은 쫘악 퍼져 내게까지
내 마음 쭈욱 넓혀 두루한 곳까지!

오늘 미소로 아름답게.

3장

불기 2559년~2560년 ❀ 겨울

그물에 걸리지 않는 바람같이

고됨 속에서도

고됨을 벗어나 물들지 말자

그 고됨이 나를 힘들게 할지라도

삶에서 고됨을 받지 말자

힘듦이란 생각을 갖지 말자

지금의 고됨은 내일의 행복이라고

한 생각 전환시키자

옛 님 이르시길,

중생이 본래 공한 것과
바탕의 실다움을 알고 나니
근심과 괴로움에서 벗어나고
자비에는 인연 분별 없네!

오늘 미소는 살풋함으로 ●

찬 빛
가득 내려앉은 한송뜰
시월 보름 빛 머금은 달
한쪽이 찌그러졌는데
어디로 간 걸까?
내일은 오려나?
둥그렇게 만공으로!⋯⋯

오늘 미소는 복스럽게.

옛 님 이르시길,

보고도 보지 못함이여
듣고도 듣지 못함이여
과거에도 지금에도
내 이것을 한탄하노라!

(   )???

청초하게 웃자.

길 따라 길 다한 곳까지
여정에는 헤일 수 없이
수많은 길 친구 있었네

그들과 길 함께 왔고
또한 함께한다네
"여정에서 쉼! 쉼! 쉼!……'0'!?"

눈웃음으로 오늘을 가볍게 시작

이 세상에
태어난 뜻이 뭘까요?
그럭저럭 살려고
태어난 것은 아닐 테고
사람으로 나온 이유가 있을 텐데……
그렇다면 태어난 목적은?
그 힘들고 어렵게
사람 몸 받은 목적은?
왜?
도대체 왜?
태어났다가 어디로?
나는 또 어디로 가는지……
'님이시여 생각해 봅시다'

오늘은 눈 크게 뜬 미소로.

홀로 우뚝함이여
한가롭고 한가롭네
홀로 우뚝함이여
여유롭고 여유로워
허덕임 분주함 찾아볼 수 없네
홀로 우뚝함이여
그리던 고향집이네
굴뚝 연기 내음
따뜻한 구들 아랫목
이렇고 이런데
다다른 이 극히 드묾은
둘로 나뉨을 쫓기 때문
몸과 마음 여유로운
홀로 우뚝함이여
삼라만상에는
그림자 흔적도 없네
홀로 우뚝함이기에!……

웃는 얼굴로 하루를.

한 주를 시작하는 월요일입니다
도리에 어긋남이 없는 '삶' 꿈꾸면서
우리의 생은
마음이 그리는 그림대로
몸이 움직이는 것입니다
싫다는 생각하면
찡그림이 뒤따르고
좋은 생각하면
웃는 얼굴로
좋은 일만 생기게 됩니다

오늘도 웃음으로 한 주를 시작하며 행복을 향하여 갑시다.

옛 님 이르시길,

둥글고 원만함에 들어간 사람은
영원히 고요하여
일체 모양에 걸림이 없다네!

오늘도 즐거움을 만들어 행복 속으로……

옛 님 이르시길,

멈춤으로 흔들림 돌아가 멈춰지면
멈춤이 다시 움직여서 커지고
모양의 움직임이 양쪽에 있어
그 아는 마음이 편한 것은
둘이 하나이기 때문이라네

오늘도 웃음으로 행복의 문 똑똑。

옛 속담에
하늘이 무너져도 솟아날
구멍이 있다고 했습니다
그렇듯 어떠한 상황에서도
자신감을 잃지 말라는 뜻
그 뜻과 같이
의지는 남에게 하는 것이 아니라
자기 자신에게 하면 됩니다
그래야 뭣이 되도 된답니다
나에게 의지함이
내 세상을 만들어 간답니다
이 세상 자신 거랍니다
이 세상은 우리 모두의 것이랍니다
그러기에
아름다운 세상 함께 만들어 공유하며 사는 겁니다

오늘도 미소로 아름답게 엽시다.

옛 님 이르시길,

물고기는 물을 알지 못하고
사람은 공기를 알지 못하며
어리석으면 참나를 알지 못하고
깨달으면 공을 알지 못한다

오늘은 바름을 향하여 사유의 미소로.

세상에서 제일 소중하고 값진 님이시여!
누가 뭐래도
자신이 제일 소중하답니다
고물고물한 미물이라도
잡으려 하면 살려고 도망간답니다
그렇듯 세상에 태어난 모든 것은
풀 한포기라도 소중한 존재이며
나와 연결된 하나랍니다
세상 전체가 조금도 모자람이 없답니다
제각기 홀로 우뚝한 님이랍니다
서로 격을 높여 주고
존중해 주는 삶이 됩시다!

오늘도 어김없이 소중한 미소로 사랑을 ●

옛 님 이르시길,

알고 나서 알았음을 세우면
이를 무명이라 하며
알고 나서 알았음이 없으면
이것을 열반이라 한다

일요일에는 소담스런 웃음으로.

또 월요일이네요 ^^!
어김없이 찾아왔죠!?

그래요
이렇게 한 치의 오차도 없이
미래였던 월요일이
현재의 월요일이 됐네요

월요일은 월요일인데
지난 주 월요일은 아니죠!
이와 같이 우리의 내생(來生)도
이렇게 찾아온답니다
한 치의 오차도 없이!……

1초도 쉼 없이 흐르고 있는데
우리는 가고 있음을 망각하며 살아간답니다
무엇이 될지도 모른 채
그렇게 살아가고 있답니다

언젠가 흩어질 몸을

달팽이처럼 지고 다니면서
하여, 몸 관리 잘 하면서
완성된 '삶' 이룹시다
'완성품' 됩시다

여유로운 미소를.

우두둑 우두둑
귓가를 때리는 저 소리!
'빗소리', 비 오는 소리
비는 알려나, 지가 '비'란 걸?
알까? '비'가 저란 걸?
난 모르겠다
내리는 '비' 이름을!
후후후
겨울비인가?
틀림없는 '겨울비'
그래도 난 모르겠네
내리는 '비' 이름을?

겨울 밤비가 소리 내
어둠을 씻어 내리는데!

오늘은 어설픈 미소를.

옛 님 이르시길,

해묵은 갈등을 부수고
여우 굴도 부수네
표범은 안개에 젖어
그 무늬가 변하고
용은 우레를 타고 뼈를 바꾸네
쯧쯧쯧
끊임없이 나고 죽는
이 무슨 물건인가?

오늘은 살짝 웃는 얼굴로.

내가 뭐 그리 잘났을까!
내가 뭐 그리 내세울 게 있을까!
호랑이 앞에 서면…… 그런데!
여우 앞에 서면 또한 그런데!
말 못 하는 맹수 앞에서는
그렇게 하잘 것 없으면서
뭘 그리 잘 났다고 으스댈까!
바로 보자
나보다 하찮은 존재
아무도 없음을
그러함에
상대를 존중하고 귀히 여겨
내 인격을 높이는 이 되자!
적어도 오늘 나라도!

오늘은 격이 있는 미소로.

나 : 참스러운 나를 향해서

무 : 귀의하리, 본심의 내게

관 : 봅시다, 바르게

세 : 우주법계의 이치를

음 : 들읍시다, 세상 소리를

보 : 넓고 넓은 끝없는 곳까지 낱낱이 들어서

살 : 대자비로 살피고 살펴 평화롭고

　　아름다운 세상 만드는 '이'

　　이름하여 '관세음보살'

자기 자신이 이러한 관세음보살입니다

오늘은 자비로운 미소로 엽시다.

옛 님 이르시길,

헛된 생각을 일으키려 하지 말자
또한 없애려고도 하지 말자
경계에 있을 때는 굳이 알려고 하지 말자
알려고 하지 않으려면
진실을 분별하려 하지 말자

웃습니다. 나갔던 복이 돌아올 수 있도록.

진중히 세밀하게
자신을 다듬는 '이' 되어
멋지게 세상을 향해서
'완성된 나'로, 모두의 귀감이 된
내가 되어 봅시다
그런 '우리'이길
두 손 모으고 마음 간절히
기원하는 오늘 됩시다!

'고품격'으로.

마음이란 온갖 경계를 따르고
따르는 그곳마다 그윽하리라
그 흐름 속 본처를 볼 수 있다면
모든 시시비비 벗어나
괴로움, 즐거움에도 초연하리라!

오늘도 마음 가볍게 사알짝 미소.

오늘은 밤 길이가
제일 긴 동지……
어둠도 50% 밝음도 50%
진실도 50% 거짓도 50%
좋은 맘 50% 나쁜 맘 50%
모든 것은
반반으로 이루어져
균형을 이룬다
양과 음들로 나뉘고
이 나뉨의 균형이
한쪽으로 치우치면
병이라고 이름한다
바르게 마음을 쓰자
이 몸의 주인은 마음이다
모든 일의 원인은 마음이다
마음이 조작해서 마음이 받는다
마음이란 놈이 잘못하고
몸에게 죗값을 치르게 한다
죄 없는 몸은
마음 담고 있다고 다 감내한다

진솔해지자, 자신에게
내가 나를 제일 잘 알므로……
세상 모두를 속여도
본인을 속일 수 없음을 알아
참으로 나에게 진솔해지자
진솔함으로
올해 잘 마무리하고
진솔함으로 새해를 반갑게 맞이하자!
진솔함으로 현생을 잘 마무리하여서
진솔함이 가득한 내생(來生)이 되도록 하자!
얄팍해지지 말자
눈가림하지 말자
내가 나를 알고 있으므로!
'멋지게', 참멋짐으로 마무리하자

오늘 활짝 웃으며 거짓을 털어버리자.

옛 님 이르시길,

밤안개 깊고 깊어
그 정상 볼 수 없으나
봄바람은 언제나
싹트지 않은 가지에 있네

보이지 않는 내게, 오늘에 미소를.

옛 님 이르시길,

옥의 마디를 자르면
마디마디가 보석이고,
전단 나무를 쪼개면
조각조각 마다 모두 향이다

진 : 참으로 오묘하여 어디에도 견줄 수 없는 나여!
리 : 이 세상 이치란 힘들면 쉬고 배고프면 먹고
    졸리면 자고, 이러할진대

또 다른 진리란?
나 이외는 그 누구도 진리가 아니고
나 이외의 우리는 원통이라 한다네!
진리란 연꽃 한 송이, 미소 짓는 세상사

맑은 미소로 오늘을。

옛 님 이르시길,

정말 멋진 묘봉정(妙峰頂)이다
햇볕은 따스한데 바람이 부는구나
바람과 햇볕에
깎여도 깎여도
묘봉정은 그대로이네
그대로이네!

오늘은 한산과 습득의 웃음으로.

달리는 차 안에서
둥그렇고 한아름 되는
밝은 열이레 달을
한 입에 꿀꺽!
너무 크고 밝아
작은 우주가 폭발했네
산산이 부서져
하늘 땅 이루고
차안 고요 정막
맑은 강물 되어 흐르는
음력 동짓달 열이레!

보름달처럼 환한 미소를······●

옛 님 이르시길,

온 우주에 가득히 멋스런 가람이여
눈에는 가득 문수인데
누구와 대담할 것인가
언하에 부처의 눈 열 줄 모르고
고개 돌려 다만 푸른 산과 바위만 보네!

미소는 마음을 풍요롭게 합니다.

옛 님 이르시길,

수행자는 많으나 깨달음은 없고
잘못은 혀끝에 놀아남이라
형체를 잊고 종적을 지우려면
노력하여 성실하게 저 허공 속을 걸으라

밝은 마음, 웃음으로。

극 : 지극한 마음이 본처를 봄으로

락 : 초연의 즐거움 즐거워하는 속

정 : 맑고 맑음으로

토 : 안주하지만 '머물지' 않음이여!

　　이름하여 '극락정토'

극락정토란?! 내 마음의 그'곳'

평화로운 미소로 새해를 맞고자 하며.

아 : 세상천지 아무리 둘러봐도

미 : 넓고 넓은 본심인 나 같은 '이'들 없네!

타 : 태어나고 죽음 벗어난 한량없는 '빛'이여, '생명'이여!

불 : 우주 끝까지 두루하여 아니 미친 곳 없는 '이',

　　이름하여 '아미타불'

귀의하리 본심인 내게, 나인 '아미타불'에게!……

한량없는 우리에게 따뜻한 미소로…… .

돌고 도는 속
오늘은 병신년
정월 초하루입니다
어김없는 세월의 절기는
오지 말래도 굳이 오네요
온다는 말없이!……
새로움 속에 희망을 걸고
오늘부터 뚜벅뚜벅
힘차게 병신년을 걸어서
멋지게 아름답게
정유년으로 향합시다
벗이여 사랑합니다
늘 한결같이……

미소로 복덕 짓는 한해 되소서.

한 점의 염원들이
낱낱의 염원들이
간절한 염원들이
이런저런 염원들이
모여 이루어지길 염원한 날!
새해 첫날
짙푸른 동해 바다 뚫고
한 점 붉음을 뿜고 떠오른
오, 모두의 태양이여!
와, 와우!!
뭉침을 푸는 소리들
시름을 떨치는 소리들
꿈을 향한 우리들 염원의 소리들
다가오는 나날이 오늘만 같게 하소서
매 순간순간이
새해 첫날 해맞이 같게 하소서!
님들이여
해맞이 순간만 같은 날 되소서

모든 일 미소로 이기며 힘차고 행복함으로…… ●

하늘과 땅 하나 되어 다툴 일 없으니
한가롭다 이 몸이여
해 뜨면 해 지나니
이렇듯 오고 가니
머물 곳 그 어디인가?
이르는 곳, 곳곳마다 화창한 봄날!

티 없는 미소로。

오늘은 신년 연휴를 보낸 월요일!
연속으로 쉬는 날인 연휴를
과연 연속으로 쉬셨나요?
연속으로 부대끼셨나요?
연속 쉼 속의 여유란?……
그렇다면
365일 나날을 쉼으로
살 수 있는 여유 아시나요?!
아는 그 마음
모르는 그 마음을
그렇다고 아는 그것
뭘까요?!
뭣이 그리 알까요?
그걸 알면 365일을
푹 쉴 수 있을 텐데……
무엇이
그렇게 아는지를 알면……

미소로 쉼의 길을.

텅 비고 밝은 것이 활짝,
시간 넘어
크고 밝은 빛이여
비춰 본처인 나(자신)를 보라

봄빛 같은 미소를.

세월은 번갯불 같으니
시간을 진실히 써야 하리
살고 죽음, 호흡 사이라
아침에 저녁 기약 못 하고
밤에 아침을 기약 못 하네
오고 가고 앉으나 서나
한 치도 헛되이 보내지 말라
큰 스승 석존처럼
용맹스럽게 정진하라
호흡을 여읜 것이 뭔지?

자신의 내면을 향해 자애로운 미소를 ●

옛 님 이르시길,

깊고 깊으며
어둡고 어두운데
묘한 작용은
끝없는 바닷가
모래같이 헤일 수 없네!

미소로 볼 수 없는 마음에게.

옛 님 이르시길,

바른 생각, 바른 참구로
마음자리 또렷함과 고요함으로 고르게 하고
불조의 뜻 깊이 믿어
분명하여 견줄 바 없음을 성취하고
마음이 곧 천진 부처임을 알아
내 마음 밖에서 구하지 말라
밖에서 구하면
끝내 '참나'를 만나지 못하리

오늘은 심연의 미소로。

송담님께

내 안에는
선함도 악함도 있지만
나는 그 악함도 선함도
보도 듣도 안 하네
세치 혀는 잘못 없고
조작하는 내가 문제이나
나는 그 혀 다치지 않도록
감싸고 어름에
굳이 벙어리 되지 않네
나는 좋다 나쁘다 그르다 옳다
맑게 밝게 흐리게 더럽게
차별하지 않지만
나는 뚜렷이 아네
무엇이 옳고 그른지……

모든 것은
덧없이 변해 가나니
이것은 나고 죽음의 이치네
나고 죽음의 물결이 자면
니르바나 열반락 누리리

오늘은 크게 한번 웃으며.

옛 님 이르시길,

흰 구름
깊은 곳 해가 눈부시다
푸른
파도 속 달이 화들짝 놀라고
늙고
게을러서 아무 일 없는 날의 낮잠에는
높이 누워 청산을 마주하네

'쨍'하게 웃으며 。

옛 님 이르시길,

마음과 벗하지 마라
마음이 없으면
마음 스스로 편안해진다
마음과 벗하게 되면
따라가는 즉시
마음에 속임을 당함이다

오늘은 하얀 사랑에 미소를.

옛 님 이르시길,

서리 찬 하늘
달은 지고 밤은 깊은데
뉘와 함께 맑은 못에
'찬'
그림자 비출까!?
뉘와 함께 맑은 못에
'찬'
그림자 비출 수 있을까?!

오늘에 초승달 미소로.

한 섬
한 섬들이 모여
다도해 이루었고
한 맘
한 맘들이 모여
우리들 세상 이루었네
한 별
한 별들이 모여
우주를 만들었고
그 우주는
한 맘 한 맘의 결정체
우린
흐트러짐 없는 하나
우린
어울림의 한마음
우린
어울림의 한 허공이라네

미소로 아침을 열며.

옛 님 이르시길,

나무 사람
피리 불며 구름 속 달리고
돌 여인
가야금 타며 바다 위 거니네
이 가운데
얼굴 없는 늙은이 있어
입 크게
벌려 박장대소하네!

오늘은 하나된 미소로.

세상에서
제일 '존귀'한 님이시여!
그 존귀한 자신을
부족하다는 중생심으로
괴롭히지 맙시다
단 하나 밖에 없는
진품인 '나'는
훌륭한 이 시대 최고랍니다
최고는
비교하지 않는 자존감!

맑으매 기쁨의 미소로 ●

매 순간순간
영롱함으로 빛나게 하여
어디에도
물듦 없이 또렷하게
자신을
존중하여 위대하게 하자
그 어떤 일도
남과 비교하여
자신을 초라하고
비참함에 밀어 넣지 말자
참 '나'는
홀로 존귀하니까!

부드러운 미소로。

찰나의
한 순간이 나를 만들고
찰나의
한 순간이 나를 부순다
찰나의
한 순간이 만듦에
긴 긴 세월
그 만듦의 고리에서
시름하는 우리 삶이여
이젠
벗어나자 홀가분하게
만들고 부수는
원인 제공자 꽉 잡고서

어떻게?
일거수일투족 알고 있는
'이것이 뭘까' 하며
참구해 보자!

웃자 그냥 웃자.

석가모니라는 한 사람이
왕자라는 그 신분도 버리고
그 부귀영화도 버리고
죽지 않는 영원을 찾아서
참 '나'를 사유하여
음력 12월 8일 새벽에
새벽별 샛별을 보고
영원한 '나'를 깨달으신 날!
오늘은 음력 12월 10일
밤새 바람이 세차게 붑니다
모양이 있는 모든 것을 흔들고 세차게 칩니다
마음은 허술하게 지어진 집이
혹시 날아가지 않을까
걱정으로 밤을 샙니다
참으로 신기합니다
내게 뭐가 있기에 소소영영하게 이리 아는지
참! 참! 궁금합니다!
뭐가 이렇게 아는지?

웃음으로 힘듦을 이기는 하루 됩시다。

옛 님 이르시길,

모두가 하나임을 알지 못하면
이쪽도 저쪽도
모두가 이익을 잃고,
있는 것을 버리면
있는 것이 비어지고,
비어 있음을 쫓아가면
비어 있음을 등지게 된다

오늘은 웃으며 즐겁게······ .

옛 님 이르시길,

빈 산
달 밝은 밤에
깊은 숲
흔들리니
가지 따라 우네
새벽 창 고요한데
소리 다가와
가지마다
피 흘려 꽃잎 지네!

살짝 눈웃음으로.

옛 님 이르시길,

몸과 마음으로
옳고 그름을 완전히 익힌 이
이 세상 모두에게 존경 받으며
집착하는 마음을 조복 받은 사람,
이러한 사람을 성자라 이름한다

미소로 행복을 부르는 오늘······ 。

홀로 우뚝하신 '명품님',
명품님들께서
단 하나뿐인 명품,
그 최고의 품격으로
럭셔리하게 사셨는지?
최고의 품격 두고
중생심으로
하찮게 사셨는지?
순간 사유해 봅시다

오늘은 미소로 최고의 하루를.

에어 옵니다
겨울바람이 뼛속까지
에어 옵니다
텅 빔이 심연 그 깊음까지
달빛도 얼어 버려
파리하게 질렸습니다
마음도
섣달에 겨워 여리해집니다
음력 을미년 보냄이
못내 아쉬워 이리 춥습니다
잘, 살펴 갑시다
여리지까지!?
섣달 보름밤에 서서……

미소로 고난도 헤쳐 갑시다。

춥기에 겨울인가 했습니다
몰아치는 회오리바람에
어질어질 어지러웠습니다
와악……
고함으로 협박하며
내달리는 바람 따라
얘도, 쟤도 덩달아 따라갑니다
갈기갈기 찢기는 줄도 모르고
그렇게 덩달아 달려갑니다

와악!
몰아친 소리에 아픔 잊은 채
우리는 그렇게 쏠려 갑니다
우리는 그렇게 쏠려 다닙니다
순간을 바로 보는 우리 됩시다

괴로움도 미소로서 .

한 치의
틈도 없이 이어진 '길'
그 길 따라
흐르는 유행별
빛나는 별이고파
밤 기다리네
저 깊은 심연에
내 마음 재우며
반짝이려
까만 밤을 향하네
까만 밤을!······

오늘은 실다움의 미소를。

한가히
노니는 '이'
세 끼 중
한 끼니도 못 챙기고
여유로운 마음 가득히
먼 산 향하네
먼 산 끝
일렁이는 찬란한 금빛 물결
텅 빈 속
탕탕히 흐르는 하얀 미소
허허로이
노니는 한가한 '이'

웃습니다, 바보처럼.

우리는
모두가 행복을 원합니다
불행을 원하는 이 없습니다
행복을 원하는 우린
행복을 만들 줄 모릅니다
행복만 받으려 합니다
이젠 만들어 갑시다
자신의 행복은 자신이
부정적이기보다는
뭐든 긍정적인 생각으로……

역경도 미소로서.

눈이 함박
하얗게 내립니다
내려서
세상 하얗게 만듭니다
하얀 눈 녹아
맑은 옹달샘 되듯이
맘 하얌
녹으면 물같이 스밉니다
스밈 물 맑은 옹달샘 되어
목마름 채워 줍니다

맘 하얌 녹으면
맘 메마름 적셔 줍니다
참샘 되어 세상 속으로!……

하얀 미소로 맑게

말이란 소통의 수단입니다
그 말이 때로는 무섭습니다
꾸며 모함으로 가는 말
거짓으로 참을 덮으려는 말
자신의 못남을 위장하려는 말
참말이든 거짓말이든
그렇게 아는 '그것'에 집중하면
속거나 속이거나에서 초연해집니다
그 말에 끌려 다니며
자신을 괴롭게 안 합니다
바로 보고 삽시다
작용을 아는 그것의 뭔가?!로

미소 지으며 편 가르지 않는 우리는.

이 세상 주인은 '나'랍니다
그 어느 것에도 주눅 들지 말고
자기에게 주어진 길
비 오면 비 오는 대로
눈 오면 눈 오는 대로
바람 불면 바람 부는 대로
순응하며 여법하게
자기의 길을 가며
자기의 '나'로
아내의 남편으로
남편의 아내로
아이들 아빠, 엄마로
부모님 자식으로
주어진 일에 최선으로
바라는 바 없이
모두를 사랑하면
모두의 귀감이 됩니다
그것이 참다운 사람입니다

사랑과 미소를 .

어느새 '2월 1일'입니다
뭐 하나 제대로 한 것이 없는데
병신년 정월은
과거의 강으로 갔습니다
현재라는 길 위에는 '2월'이
정월을 따라 흐릅니다
삶의 자락을 점검해 봅니다
잘 가고 있는지?
잘 살펴 가는지?
'나'란 뗏목이
'나'를 싣고 어디로 가는지
어디로 가는지!?……

내가 나를 위한 미소를.

무엇을 위해
누구를 위해
어디로
가는 인생길일까?
내 인생이기에
나만의 길이기에
그렇게 간다고 말하지만
도대체 삶이란 뭘까?
나란 뭘까?
나란 뭐기에
죽음의 길을 향하면서도
아등바등 살아가는 걸까?
이쯤에서 한번 사유해 보자
'나'라고 하는 이것이 뭔지?
'뭣이' 그렇다고 '아는지'
'아는' 그것이 뭘까? 뭘까? 뭘까?

웃으며 천진으로 ●

그물에 걸리지 않는 바람같이
고됨 속에서도
고됨을 벗어나 물들지 말자
그 고됨이 나를 힘들게 할지라도
삶에서 고됨을 받지 말자
힘듦이란 생각을 갖지 말자
지금의 고됨은 내일의 행복이라고
한 생각 전환시키자

미소로 건강하게.

더러움에 물들지 않는 연꽃처럼
원망을 일삼는 사람들 속에서도
나만이라도 원망에 끌려가지 말자
원망하는 속으로 끌려가면
언젠가는 다시 내게로 원망이 되어 온다
그럼을 알고
원망하는 그 마음에
물들이지도, 물들지도 말자
나라고 하는
'이 뭐꼬'로
물듦에 초연해지자
최고인 '나'로 살자

미소로 초연하게.

옛 님 이르시길,

그물처럼 얽혀진 세상의 욕망도
그물처럼 얽혀진 세상의 유혹도
행동에 다함이 없고
자취조차 없는
부처 경지 오른 이를
어느 누구도
어떠한 진리라 하며
유혹이나 인도할 수 없다
다함없는 '이'이기에!

미소로서 행복을.

웃자 웃으며 가자
아무리 힘들더라도
웃으면 웃는 자체로
힘이, 용기가 생긴다
이 길은 내 길
내 길 감에 있어
남 탓하지 말고
오롯한 나를 위해
웃으며 내 평온을 향하자
눈으로 보아서 '아는 그것'
'아는 그것이' 뭘까? 무엇일까?
깊이 참구하여
내 니르바나, 그곳에 이르자

미소로 완성에 이르자.

부처의 경지에 오른 이
이글거리는 온갖 욕망이 사라졌고
이기고 지는 다툼을 떠나 평온에 이렀다
인연의 조합으로 이루어진
몸이란 고통이 있겠지만
그 고통에 메이지도 않는다
평화롭고 고요한 마음은
늘 그러할 뿐이다
우리도 이와 같이
살고 지는 삶
부처의 경지로 살자
그러거나 말거나 '이 뭣고'
나라고 하는 '이것'이 뭔지 살펴서
어디에도 물들지 않는
홀로 우뚝한 '나'로 살자
살펴가자, 여리지에······

미소로 빈틈없이 。

함께 가는 여러분께
참인 님들께
진실한 님들께
참이치인 님들께
반야의 삼배 올립니다

설이라고 눈꽃 송이송이 내리더니
밤새 어디론가 숨고
긴 겨울밤이 여명으로 열립니다
설이라 이름 지어진 날인 오늘
한해 여정이 시작됩니다
긴 여로에 이런저런 일에 속지 마시고
참스런 나날 되시옵소서
평화로운 한해 만드옵소서
마음 부글부글 끓어오름 없이
늘 행복한 날들 되소서
나 '바로 본' 한해 되소서
참! 참! 참!

함께 웃으며 피안으로.

가진 게 없다고
비굴해지지 말자
가진 게 없더라도
당당하게 힘차게 살자
가진 게 없다는 건
조금 불편할 수 있지만
비참한 일은 아니다
생각하기 나름이다
반드시 좋은 날은 온다고 생각하고
힘차게 당당하게
한 발 한 발 가다 보면
여유로운(좋은) 때 있을 테니
세상의 제일 '짱'인
내로 뚜벅뚜벅 걸어가자
여리지에 여리지까지!

오늘 미소는 봄날 노란 개나리처럼.

명절 끝에서
내 아내(남편)라고 함부로 대하지 말자

이 세상 여행에 소중한 동반자이므로
내 부족한 점 메꾸어 주고 메꾸어 주는
내게 제일 가까이에 있는 사람이다

아내(남편)는 남편(아내)의 이름으로
길 걸어간다

남편(아내)으로 아내(남편)를
제일 소중히 여기며
손잡고 존중해 주며 여행길 동반자로……

이번 생 여로를
아낌과 사랑으로
아름답게 갈무리하자

처음 가는 여행길 웃으며 함께 가자.

어제는 오늘의 행복 바랐고
오늘은 내일의 행복 바랍니다
행복이란 바람이 아니고 만듦입니다
사랑도 주기보다는
받고 싶어 합니다
진정한 사랑은 나누며 사는 겁니다
사랑받고 싶으면 아낌없이 줍니다
주고 또 줍니다
송두리째 줍니다
원하는 대로
바라는 바 없이
주고 또 주어 줄 것이
아무것도 없을 때까지 줍니다
사랑받을 때까지
받지 말고 주는 삶 삽시다
주고 받음 걸림 없을 때까지

웃음도 아낌없이.

항시 내 삶으로 살자
남 눈치 보지 말고
진솔한 나의 삶 살자
남 탓하지 말고
신중하게 생각하자
남에게 폐 끼치지 말고
남도 나처럼 생각하여
편 가르지 말자
나도 남같이 생각하여
내 결점 올곧게 다듬자
이 세상은 우리 모두의 세상이니까
우리가 하나임으로 가면
두 가지 생각이 한마음의 소치임을 안다
우리는 함께이며 동체임을 알자
서로 사랑하고 아끼는 삶
서로 존중하고 배려하는 삶
네 편 내 편 없는 실다움에 완성으로 가자
여리지 그곳까지!

웃음으로 하나됨을 ●

봄비가 내립니다
메마른 대지 위에
여울진 마음속으로
봄비가 내려앉음은
만물을 기르려 함이기에
나는 봄비를 맞이합니다
사랑으로!
봄비가 적셔 줍니다.
내 마음의 대지를 촉촉이
우리는 봄비를 맞으며 핍니다
대자대비의 사랑으로!
우린 우리가 됩니다

나인 널 그리는 미소로.

난 왜 이렇게 살까?

뭘 그리 잘 못했기에 무슨 죄가 그리 많기에

사람들은 괴로워한다, 지금 처해진 일들에

내가 내게 꼭 오도록 내가 그렇게 만듦인데

누가 주는 것이 아니라

자기가 만들어 자기가 받는 게 이치인데

지금 한 생각이 미래의 삶

오늘은 어제의 완성품

잘 생각하여 옳음에 들자

잘 살자, 내일을 위해서

그 누구도 대신해 줄 수 없는 홀로 길

홀로 '짱'인 내 길을 좀 더 격조 높음으로 만들자

누가? 내가, 내 스스로가

격조를 높이려면 지금 이 글을 보며 '아는'

봐서 그렇다고 '아는'

'아는 놈' 꽉 잡아 보자

다시는 헛짓 못 하게 하여

등피안(登彼岸)에 오르게 하자!!!

웃으면 피안으로 ●

우리들은 이것은 옳고
이것은 그른 것이다,
규정지어 말한다
그러나 진정한 마음에는
이것만은 옳고 이것은 잘못된 것이다,
꼭 그렇게 규정지어진 것은 없다
그 쓰임새에 따라 바뀌어 보이며
시각에 따라 그렇게 보일 뿐이다
모든 것을 바로 보는 '이'
진정 바로 보는 '이'를
우리는 부처라 이름한다

웃으며 삽시다.

옛 님 이르시길,

둥글고 가득한 성품은
취할 것도, 얻을 것도 없으니
모자람도 없고 남음도 없네!

둥근 웃음으로.

우리는 힘들고 괴로워
그 고통이 극에 달할 때
어디엔가 의지하려 합니다
무턱대고 믿으려 합니다
그러나 함부로 믿지 맙시다
믿는 대상의 하인이 됩니다

자기 내면은
없는 것이 없는
만물이 가득한 보물 창고입니다
자신이 모든 일 해결합니다
저 위대한 '남 님' 믿지 맙시다
못났더라도 나를 믿읍시다
결코 모자람이 없는 나입니다

그 내 님이 예까지 왔습니다
그런 내 님(자기)을 믿으면
나를 옳고 바른길로
바르게 이끌어 갑니다
전지전능한 님들 '남'입니다

남에게 이끌리지 말고
코뿔소의 외뿔처럼
홀로 우뚝하게 내 길 갑시다
자신을 의지처로 삼고
어디에도 흔들림 없는 '이'로
나의 길 오롯이 갑시다

홀로 가는 길 웃으며.

하루 종일
더러워졌다고
손도 발도 씻고
우리는 따뜻한 물에
샤워나 세면을 합니다
몸 더러움은
물이 씻어 주지만
그 물은
무엇이 씻어 주나요?
오염된 그 물은
무엇이 맑게 할까요?
궁금증 일어나는
주처 어딜까요?
한 번쯤 사유해 봅시다

참나를 향해 미소를 ●

자기 마음이 부처라 했습니다
석존께서 남에게 의지하지 말고
못났더라도 자기에게로
돌아오라 했습니다
완전한 부처 가지고
중생 만들지 말라 했습니다
남의 종 되지 말라 했습니다
위대한 건 '나'라 했습니다
위대한 참나에 존경을
거룩한 참나에 예경을
홀로 우뚝한 참나 존중을
이러함에 우린 우립니다

거룩한 미소로.

우리들은 남의 일에 참견은 잘한다
자기 집(마음) 일은 소홀히 하고
남의 집(마음) 일에 참견한다
남의 집(마음)에 마실 다니고
자기 집(마음) 비워 놓는다
이젠 남의 흉 그만 보자
남 집(사생활) 참견 그만하고
자신의 마음을 잘 관리하자
남들이야 그러거나 말거나
자기 주어진 삶에 충실하자
남들이 나를 비참하게 해도
받아들이는 마음 갖지 말고
자기 마음으로 얼른 귀향하자
아는 이것이 '뭣고?'로
남 참견 말고 아는 '이것'
아는 마음으로 돌아오자
자기 본 마음으로!

돌아온 길 미소。

한 번쯤 생각해 보자
내가 어떤 삶을 사는지
혹시 남에게 보이려 하지는 않는지
보이려는 삶은 고달프다
보이려면 거짓이 따른다
보이려는 건 위선이 따른다
잠시 보이려는 마음 접고
생각해 보자
보여 주는 삶에 대해서
보여 주는 삶은 영근 것이다
보여 줌은 당당함이다
보여 줌은 비굴을 벗어났다
보여 줌은 걸림이 없다
보여 줌은 럭셔리함이다
잘 살펴 삽시다
내 인생을 럭셔리하게!

잘 살펴 갑시다. 나의 길 여리지로!
웃으며 내 길을 。

처음 가는 여행길
내비게이션으로
길 안내 받으며 갑니다

내비는 모르는 게 없습니다
굽은 길, 방지턱 등등
어찌 그리 잘 아는지!
그 길이야 그렇게 간다지만
시작도 끝도 모르는 내 길은
그 내비는 알려 주질 못 합니다
그래도 우리는 잘도 갑니다
옳은지 바른길인지
늪인지 벼랑길인지
모른 채 걸어갑니다

이제는 우리도 '내비' 답시다
개인 '내'비로!
흔들림 없는 참나를 찾아
어디에도 비길 데 없는
내게로 가는 그 길에 '내비'를!

'내'비 장착은 참 쉽습니다
이렇게 보아 그렇다고 '아는'
그 '아는' 것이 뭘까 '내비'로!
나는 무엇일까? '내비'로!
현상(헛것)에 속지 말자 '내비'
이러한 참사유
명품 내비를 답시다
훔, 훔, 훔
견줄 바 없는 님들 되소서

웃음에 내비로.

먼 길
돌고 돌아온 여기
이 자리에 선 나는
너(가 아닌 나)를 본다

그 옛길에 기대
오늘 나는 너(나)를 본다

먼 길
그 길 위에서
오늘 나는
나(진아眞我인 너)를 본다

반짝임 그 별 숲에서
오늘 나는 나(너)를 본다

그 길 우거진 숲에서
오늘 나는 나(너)를 본다

만남의 오늘에 나는

지기인 나를 본다

천진의 그 숲에서
오늘 나는 나와 너를 본다

내 님인 너를
오늘에서야 -0-

참, 참?! 참.

미소는 싱긋이。

생각 생각은
동안거 해제란
물결에 띄워 보냈습니다
무거운 골치 덩어리
흐름 여울 따라 보냈습니다
날 듯한 발걸음
어깨 위 바랑도 잊었습니다
정월 대보름은 떠밉니다
방랑의 만행 길 그 넓음으로
빈 바랑 뭘 채우며
삶들의 벌판을 지날까요
꽉 찬 바랑
뭘 비워
삶들의 여울목 지날까요
헛이야기
들판에 번질 때
헝함에 저려하진 않겠죠
헛짓에
물살 춤출 때
쩡함에 포말 되지는 않겠죠

만행
그 길
사월초파일 따라 하얀거로
만행
그 길
모습 없는 참여리지에!

웃습니다, 새로운 발걸음에.

봄

봄이라 봅니다

아지랑이 아른거림을

봄

봄이라 봅니다

여린 새싹이

땅을 가르고 나옴을……

봄

봄이라 봅니다

맘 움틈이

세상 향하는 것을……

봄

봄이라 봅니다

맘이 나래 펴

세상 낢을……

봄

봅니다

봄이라 참봄이라!……

보는 주체 뭘까요? 그렇다고 아는 마음 뭘까요? 잘 살펴서 여리지에.
봄에 미소를.

그러했습니다
예전에도 그러했습니다
봄이
오려면 추웠습니다
차디찬에
꽃망울 움츠러듭니다
가지가지
눈 틔우다 주춤합니다
여물어지려고
다지고 또 다집니다
매섭게
콧물 눈물로 흐릅니다
야멸차지만
사흘입니다, 꽃샘추위!
혹독하지만
우리 아는 '그것'은
여리지에 가고 맙니다
우린!

미소로 나비처럼.

찰나의 여리지

찰나를 살아가는 우리들

그 우리들의 뜰은 잴 수 없습니다

여섯 가지로는 헤아릴 수 없습니다

우리 뜰인 한송선원

그 속에는 없는 것이 없습니다

그 속은 텅 비어 가득하답니다

비록 지금은 모르지만

다 볼 수 없지만

그 한송뜰 울타리가 없습니다

넓습니다

높습니다

우리가 주인입니다

함께 가꾸어 갑시다

분별없는 여리지로!

한송인 밝게 웃으며 。

선(禪)으로 꽃 핍니다
아름(지혜) 물듭니다
곱게 곱게 소리 없이 스밉니다

선으로 꽃 핍니다
여리여리한 향
바람도 없는데 번져 앉습니다

여기저기에
부르지 않아도
엷은 미소로
선에 진향 되어
우리에게 옵니다
아름 우리에게로……

깜빡할 뻔했네요. '나'라고 하는 '그 님' 챙기는 것, 잊지 말고 다니세요.
미소로 진향을 ◗

'여리지 꽃'
굽은 길도
골목길도
뒤안길도
오솔길도
끊긴 듯한 길도
끝없는 길도
이어진 길도
길 없는 길도
'여리지'
그 꽃길

챙겨 봅시다. 잊지 말고. 참나를……
눈으로 보고 그렇다고 아는 '그것' 참구를……
2월 마지막 미소로.

(4장)

불
기

2
5
6
0
년
✽
봄

별
헤던 시절
까마득히 여려져
가물가물
기억 헤쳐 이곳에
설어진
별밤 총총이들
까만 밤 총총총 박히고

여문
가슴속 스며들며
지난날 가버렸다 하네
지난날 예 있다 하네
까맣게 물든 반짝임 속에
이어진 길
바르게 가는 길
이 뭐꼬
아는 이것이 뭘까로

예쁜 미소로, 부드러운 말로
즐겁게 아름다운 세상, 평화로운 세상 만들어 가자

3월 1일, 삼일절인 오늘에
매 순간순간을
오롯한 참자기 마음으로
행복한 삶 만들어 가자

순간순간이 내 세상인데
더러움으로 물들이지 말고
부드러운 미소로
피안을 향해
뚜벅뚜벅 걸어가자!

나란 무엇인가?
자신에게 되물으면서!

웃으며 평화로.

나란 집에 내가 살고 있습니다
살고 있는 나는 나라 하고
나란 집은 너라 합니다
허구한 날 같이 살아갑니다
너와 내가 나와 네가
때로는 다툴 때도 있습니다
나란 집에 살고 있는 내가
집이 못생겨 싫다고 투덜투덜합니다
못생긴 집은
밥 먹여 달라 맛난 것 사 달라
멋진 옷 사 달라 칭얼칭얼
명품 노래를 부릅니다
참명품이 뭔지
자기가 뭔지도 모르면서
서로 원하는 것만 많습니다
100년이면 헤어질 거면서……

명품 중 명품은 홀로 우뚝한 그 님입니다. 그럼에 우린 하나입니다.
하나인 '이 뭣고' 참구를……
웃음으로 하나가 ●

세상 인연 지어진 모두는
우리들 사랑으로 핍니다
우리들 삶의 무게
모두 아름다운 사랑입니다

해결해야 할 삶의 일들은
내 참마음에 거둬들여서
그 힘듦, 사랑으로 여밉니다

삶이 힘들고 외로울 때
우리가 함께해 줄 수 있다면
세상 한복판에 우리는
홀로 우뚝 서 있겠죠

크지도 작지도 않은
아주 넓은 참마음으로
사랑한다, 사랑한다는
그 말해 줄 수 있는 '이' 되어

우리는 사막에 있을지라도

머무는 바 없을 겁니다
우리는 옳은 길로 돌아온
밝은 빛의 환 환

기쁨에 웃음인 환입니다
넓고
넓은 세상
함께 품어 가는 우리입니다

바람의 나를 주는 나로 보냅니다. 우리 바라며 사는 구차한 삶 살지 말고 주인으로 모두에게 나누어 주는 삶 삽시다.
웃습니다.

세상 넓습니다
보는 눈은 세상을
다 보지 못합니다
그 넓음을 품으려 합니다
얼굴 없는 내가 되어서
한 눈에 다 담으려 한답니다
마음의 눈은 높고 넓은 세상
다 보고도 남습니다
보고도 남는 눈을 찾아서
사유의 길로

보는 것이 아니라 보는 주인 '그 주인'인 아는 '이' 뭘까로? 참구.
미소로 이 뭣고 ●

아리랑
여리지

나만의 오롯한 길이였네

참진리 그 길은

밝은 빛 그 속에는

아리랑 그 길

오,
나의 그 여리지

미소로.

한 송이 꽃이었습니다
우리는
시들지 않는
그런 한 송이 꽃입니다
한 옛날
님께서 보이신 뒤
한 번도 시들지 않았습니다
세상 다해도 시들 일 없습니다
한 송이,
님인 마음의 꽃은
아름답다는 말을 떠난 꽃이기에
지지 않는 한송 뜨락 여리지 꽃입니다
지지 않는 여리지 꽃은 우리들입니다
잘 살펴 갑시다!

미소로 한 송이.

우리는 기한을 잡고
맑고 티 없는 고운 옷 입고
남섬부주(지구?!)로 여행을 왔습니다
여행 온 줄도 모르고 힘겹게 가다 보니
그 곱고 예쁜 옷이 찌들고 찢기고 찌그러지고
엉망이 되어 버렸습니다

이젠 돌아보려 합니다
여행의 길목을
이젠 다스려 보려 합니다
여행의 길손을
이젠 안아 보려 합니다
힘듦에 지침을
이젠 웃으려 합니다
즐거운 여행의 나날을

이젠, 이젠, 이젠,
니르바나에서 하나임에 웃으려 합니다

웃음에 나날을.

음력 정월도 끝으로 가고 있습니다
올해 신수는 보셨는지요

숫타니파타에서
석존께서는 이렇게 말씀하셨습니다
옳고 바른길 가는 사람은
예언, 사주, 관상, 점, 꿈해몽
보거나 봐 주지 말라고

또 이런 말씀도 하셨답니다
코뿔소 외뿔처럼
남에게 이끌려 가지 말고
자기 자신을 홀로 바르게 이끌어 가라고
결코 등피안의 세계에는
점쟁이, 예언가의 말이
나를 이르게 할 수 없으므로

요즘 같은 시대에 살면서
한 옛날 의식 수준으로
살아가서야 되겠습니까

잘 살든 못 살든 자기가
만들어 놓은 일의 결과입니다
되풀이 되는 과보에서
벗어나고자 하신다면
자기 자신에게 '귀의'하세요

모든 건 '나' 자신이 만들었고
해결할 수 있는 키를 가지고 있고
해결할 수 있답니다

예언, 사주, 관상, 점, 꿈해몽
보지도 봐 주지도 말라는
숫타니파타 말씀으로
음력 정월을 보냅니다

모두여 행복하소서!
나의 길 미소로 ●

이 세상에서
제일 소중한 님
'나 자신' 님을 위해
하루 5분만이라도
휴식을 줍시다

우린 뭐가 그리 바쁜지
잠시도 여유 없이
마음과 몸을 부립니다
하루 중 5분 쉽시다

하루 중 언제라도
하던 일 그대로 멈추고
앉든 서든 눕든 가리지 말고
아무 생각 없이 고요한 마음을
유지해 봅시다

움직이지 않으며
마음을 주시합니다
아주 고요해질 때

뭔가 나를 주시하는 것이 있다
라고 느낄 때

고양이가 쥐구멍 주시하듯
나를 주시한다고 느껴지는
그것을 놓치지 말고
주시해 보세요

마음에 휴식과 안정이 올 겁니다
그렇게 자기가 자기를
바라보며 느끼는 5분 휴식!
참삶의 원동력입니다

모두여 잘 살펴 갑시다.
웃으며 5분 휴식.

세상 이치는

모양을 모양이라

단정 짓지도 않고

모양을 모양이 아니라

부정하지도 않는다네

잘나고 못남도 가리지 않고

침착함 조급함도 벗어나네

남이라는, 나라는

가름에서 벗어나

좋고 나쁨에 자유롭고

마음이 늘 고요하여

복잡다단하지 않는다면

이보다 더한 행복 없으리……

더없는 행복을 위해 자신을 사랑하고 존중합시다.
미소는 미소로 ●

쉼 없이 달려오고
쉼 없이 달려가는데
'쉼 없는' 그 속 언제나 다다를까?
옥토끼
금까마귀
쉼 없이 돌아가는데
'쉼' 없는
멈춤은 언제쯤이려나……

미소로 쉼 없는 속.

좀 무디게 삽시다
양철처럼 즉각 반응하지 말고
깊게 단전까지
숨 내리쉬며
잠시라도 쉬어 갑시다
내게 안정이라는
선물 좀 하고 삽시다
내게로 돌아오는 단어인
나라고 하는
이것이 '뭘까', '뭘까'로 쉬어 가며
잠시 사유해 봅시다!
참!! 참, 참.

웃으며 하루를.

삼월도 중순입니다
TV도 없는 내겐
남도 지방 봄소식을
찾아가야 할 것 같은 마음

뭔가 새록새록 움틈이
노랗게 핑크로, 연보라로
하얌으로, 연록으로
자신의 존귀함을 뽐낼 님들
그 님들을 친견하러
꼭 가야 할 것 같은
오늘 마음입니다

내 마음에 봄이 온 거겠죠

모두여, 우리여 행복 만듭시다. 우리의 세상에……
미소로 봄맞이 .

찰나 365

찰나 찰나를

순간순간을

하루하루를

한 달 한 달을

이어 이어져

365 여리지에!

미소로 365 .

내 눈으로는 안 보였습니다
그래서 없다고 했습니다
없는 그곳에서 없는 놈이
점 하나 찍으며 나로 생겨났습니다

어쿠,
            업장 덩어리로!······

그 아주 작은 나는 작은 우주가 되어
세상을 훨얼훨 날아
향하는 곳 아주 큰 우주입니다
날다 떨어져 깨지고
상처 나고 꿰매고 아파해도
내게는 포기란 없습니다
가고 말겁니다, 그곳에
어딘지 모를 그곳에!
나의 본처 그곳에!
다다르고야 말겁니다!

○ 여긴지 모를 그곳에
후훗 웃습니다.

오늘은 음력 2월 8일
석가모니 출가재일입니다
인생 무상함을 보신 날에
'영원의 길', '그 길' 찾고자
왕자의 자리, 왕의 자리도
초연히 벗어 던지고
'고행의 길', '홀로의 길'을 6년 사유(선정) 속에
온갖 제 장애(마장)에도 굴하지 않으시며
'불생불멸' 이치를 깨달으셨습니다
최고의 깨달음을 이루시고는……
삼라만상이 그대로인데
뭣 때문에 왜 그런 고행을 했나
부처를 이루시고는
'고행하지 말라'고 당부하셨습니다

비로자나불(마음)
노사나불(몸)
천백억 화신, 석가모니불(행)
삼신불이 일치가 되어
바름에 유일한 '이'(참나)라고

바르게 보고
바르게 받아들이고
바르게 받아 지녀서
바르게 행하는 '이'
그런 '관세음보살' 되라고

자기 이외의 다른 부처나
나만 따르라는 유일신이나
나 자신 이외에 모든 것,
남에게 의지하려 말고
'참나'인 유일무이한
자신에 귀의하라고

각자 홀로 존귀한
본인 부처님 믿으세요
그래야 남에게 속지 않고
남의 하인(종) 안 됩니다

석가모니 출가 감행하여 우리가 우리로 가는 날에……
사유의 미소를 내게 ●

한송뜰 여리지
한송인 모여 살며
가꾸어 가는 한송뜰 여리지

여리지 한송뜰은
아름답게 진실한 사랑으로
감싸 안는 한송인 모임터
그 님들의 깊이는
무엇으로도 잴 수 없는 뜰
한송뜰은 가없기에 측량할 수 없다

한송뜰 여리지에는
아침이슬 머금은 영롱한
하얀 이야기가 흐른다
하얀 아침
목마름 채워 가는 이야기들
한송뜰에
번져 두런두런 흐르고
한송인들
아름져 여물어 갈 때

담 너머 저쪽 그곳까지 살랑살랑
여울져 흐름은 '이 뭣고?'
무엇이
여기 한송뜰에 흐를까??
'이 뭐꼬'

한송뜰 여리지에는
봄바람 따라
봄 나그네 모이네
봄소식 봄에
구멍 없는 피리 불며
한송뜰
해질녘 한가로이 거니는데
한송뜰 여리지
바람결 없음에도
사뿐히 번져 않네······

참!! 참, 참.
한송뜰 미소로.

겨울 지나 봄이라
들떠 있었나 봅니다
2월 끝자락에
감기 길손에게 잡혔습니다
연년 인사치레리라
가볍게 여겼습니다
에구……
제대로네요

삼일에 한 번씩 들락날락
아주 신바람 났습니다
완전 경사났나 봅니다
콜록이와 질질이, 열열이, 맹맹이들의 향연은
지칠 줄 모릅니다

감기들의 놀음
그만 지켜봐야 될 것 같습니다
노사나불(몸)
힘겹다 하기에
봄꽃들의 활짝임 속에다

봄 향기 속에 절여서
이월의 강 너머 보내렵니다
안녕……히

괴롭힘의 마왕이여
내년엔 보살핌의 보살로
노사나불(몸)님
보살피는 관세음보살로
보직 바꿔 오시옵소서
훌륭한 보살 관세음으로

아차차 챠!!! 봄이라고 아는 그곳 잘 살펴봅시다.
방심은 금물…… 그래도 웃으며.

석존은 이런 말하셨습니다
"세상에는 칭찬만 받는 사람도
비난만 받는 사람도 없다."고

누군가 나를 좋아하는 이
누군간 나를 시기·질투하는 이
나는 좋아해 달라 미워해 달라
조르지 않았는데

남들의 감정놀음에
가름들 지어 놓은 결정 따라
휩쓸리는 내 마음 되진 맙시다
누군가의 생각은
생각한 이, 그의 것입니다(업 지음)

남의 말에, 생각에
가을날 나뒹구는
가랑잎처럼 날려 다니는
가벼운 나로 살지 맙시다

남이야 흉을 보거나 말거나
세상에서 제일 존귀한 자신에
칭찬과 용기와 힘을 줍시다
홀로 우뚝한 내 님에게

난 나니까
나이기에 나만의 세상을
아름답게 평화롭게
즐거움 가득한 나날로 만듭시다

세상에서 제일 멋진 분들이여
멋짐을 구기지 맙시다
남의 말, 생각들 속에서
초연히 자기에 귀의합시다

늘 사랑합니다.
흉도 웃음으로……。

별
헤던 시절
까마득히 여려져
가물가물
기억 헤쳐 이곳에
설어진
별밤 총총이들
까만 밤 총총총 박히고
여문
가슴속 스며들며
지난날 가버렸다 하네
지난날 예 있다 하네
까맣게 물든 반짝임 속에
이어진 길
바르게 가는 길
'이 뭐꼬'
아는 이것이 뭘까로??

별들의 미소.

참 좋은 날 되소서!

내 좁은 생각으로
높고 넓은 남을 평가하지 맙시다
나는 좁은 나만
나만을 평가하고
높게 넓게 펼쳐 갑시다
좁게 갇힌 세상 떠나서……

개개인 참삶에
내 모지란 생각으로
남의 삶 조각내지 맙시다
그는 그 인생
내는 내 인생이기에
내 인생만 재대로
잘 조각해 가면
멋진 참'진품' 나올 겁니다

자기에게 주어진 길만
완벽하게 단도리합시다

자기들도 잘 살지 못하면서
남의 인생사에 끼어들어
이러쿵저러쿵 흉보지 말고
내 자신 흉보고 다듬읍시다

점쟁이 사주팔자 관상 등
봐 주는 사람들 치고
잘 사는 사람 못 본 것 같습니다.
지가 지도 모르면서
어찌 남을 보고 평가합니까
지가 지도 모르는데!……

그럼을 알고
한번 가는 내 삶 남에게 맡기지도 말고
남의 인생사에 끼어들어 어쩌구…… 맙시다

「손자병법」에 이런 말 있습니다
'나를 알아야 적을 안다'는

이 세상은 내 세상

내 세상 내가 잘 가꿉시다
럭셔리하게 만듭시다

남 흉보며 지 흉 가리지 말고
남을 칭찬하며 품어 갑시다
내 존귀함 돋보일 수 있게
자신을 세상 제일 짱으로 만듭시다

내가 소중하듯 남들도
자신이 제일 소중하답니다
우린 그렇게 소중한 '명품'
명품은 명품을 명품답게

참 아름답습니다
명품의 세상에
명품들이 참 훌륭히 빛납니다
명품들의 존귀함이……

잘 살펴 갑시다. 명품 길로……
존귀한 미소로。

한송인
얼굴 없어
너무 예쁩니다
얼굴 없기에
화도 없습니다
얼굴 없기에
너무 사랑스럽습니다
얼굴 없어
비교할 수 없는 님이기에
너무 아름답습니다
얼굴 없는 님이라!

'이 뭣고?' 생각하면 생각한다고 아는 그것은 뭘까요, 뭘까요?
무엇이 그리 소소영영하게 알까요? 잘 보고 살펴 갑시다.
신령한 미소로

흐릅니다
포근한 정이
담장 너머 뛰지도 않고
살포시 다가옵니다

봄 손 잡고
담장 너머 사뿐히 날아옵니다
날개도 없이
날갯짓도 없이
한송뜰 가득 메웁니다

봄!
봄,
우리가 되어
아지랑이 오름 되어
아름진 어울림
울 되어!……

소소영영하게 아는 '이것', 그렇다고 아는 '이것' 뭘까요? 챙겨 봅시다.
사뿐한 미소로●

음력 2월 보름
석가모니불 열반재일입니다
모두가 완전함을 다 지니고 있음을 사유하여
티 없이 맑게 밝게 증명하여 본
깨달음의 완성 분상을
부처다, 열반이다, 정각이다
기타 등등의 말 사용합니다
열반이란 육신의 소멸로
본래 자리 돌아간다는 뜻
모름에서 완전히 앎이란 뜻
오늘은 석가모니 부처님이
육신을 거두어 불생불멸의
본래 자리로 돌아가신 날을
기리는 열반재일입니다
끝내는 그런 날
그런 우리 될 겁니다

석가모니
눈꺼풀로
삼천대천세계를

다 덮고
콧구멍 속에는
백천억의
몸을 간직하였네

개개인 모두가 장부라
누가 물러날 것인가?

푸른 하늘
밝은 햇살 아래
사람들 속이지 마소

돌!

다다른 곳마다
사람을 보면서
빤히 속임질하는구려!……

속임도 미소로

✿ 지공스님,
참선이란 안이 없는 안
진리란 밖이 없는 밖이라
뜰 앞의 잣나무라
아는 이는 사랑하리
번뇌 없는 언덕 맑게 갠 날
모래를 세는 아이가
모래를 알듯이……

✿ 나옹스님,
안은 들어가도 없고
밖은 나와도 없으니
땅마다 티끌마다
부처 되기 좋은 곳
뜰 앞의 잣나무여
더 없이 뚜렷하니
오늘은 초여름 사월 초닷새

✿ 나,
안은 들어가도 안이요

밖은 나와도 밖이라
안은 안이요 밖은 밖이니
뜰 앞의 잣나무라
지공, 나옹
옹알이 텅 비고 비어
천년 세월 물들지 않네

뭘까요? 뭣이 이렇게 주절 주절댈까요?
아는 '이' 뭘까요. 잘 살펴 갑시다.
과거 · 현재 미소로 。

본연은
토마토 빨갛게 물들이고
만공은
허공을 바가지로 푸는데
법광은
색칠하네, 은산철벽을
선화는
아름다운 꽃 드리우고
선묵은
꽃잎 위 묵묵히 앉았네
한결
한결같이 이어온 날
가섭의
미소가 이러히 날리네
이러히 이러히!……

○ 이러함을 아는 '이', 그는 누구인가? 아는 실체 '뭘까? 사유해 봅시다.
미소가 한송뜰에.

기다려집니다
함께 갈
아리랑 길벗이
아리랑
그 길
비단 길
실크로드 그 여정
그 길
벗 기다립니다
나
늙어 가기에
간절히
함께 갈
아리랑 벗
기다려집니다
나 늙어 가기에……

나, 나, 나라고 하는 그 나는 도대체 뭘까? 사유해 봅시다.
너와 나 미소로。

한가득 밀물로
한가득 썰물로
밀려오고 밀려가네
오고 감 없는 그 자리에
그렇게 밀려오고
이렇게 밀려가네
가고 옴이 없는 자리에
하얀 거품 되어
내일에 기대어 서네
○○○ 없는 그곳!……

O 무엇이 알고, 아는 실체는 뭘까? 잘 살펴서 여리지에……
아는 마음에 미소를.

끝도 시작도 없는 이 세상
만들어 가는 나인데
만들어진 그 나는 만든 그 님 보지 못하네

항상 같이 하고 있으나
서로가 서로를 모르며 사네

생각 일어나면 일어난 대로 움직이고
만들어진 몸 아프면
만든 이도 따라 아파하는데
서로가 서로를 알지 못하네

오늘은 알려나, 그 나를……
내일은 알 수 있을까, 나를……
모레는 알겠지!
그 님인
나를
참나를!

몰라도 웃으며…… .

보고 듣고 맡고 맛보고
느끼고 생각하는 실체
놓치지 않으려
찰나 찰나를 부여잡고
맑고 파란 하늘 납니다
네모, 세모, 둥근 거울 보며……

뾰족뾰족
거침의 날섬
마음 갈고 다듬으며
텅 빔 지혜로운 에너지
넓고 맑은 파란 하늘
하나하나 점점들
아름다운 세상으로
평화롭게 번져 앉아
36. 35. 34. 33……( )
7. 6. 5. 4. 3. 2. 1. 0

와우, 티 없어
높고 넓은 하늘 바다

해맑음의 봄노래
가락가락 하늘하늘 춤 되어
파란 하늘 한송울 되네
맑고 맑아 높고 넓음이
파란 하늘 되었네
파란 하늘 한송울 되었네
빈틈없어 파란 하늘 되었네
파란 한송뜰 되었네
파란 한송울 되었네!

알고 싶시다, 자기의 실체를.
느껴서 그렇다고 '아는' 그것, '아는' 이것이 뭘까??
파란 맑음에 미소로●

봄 하늘

고요 속 잠들고

텅빈 뜰

새소리 나른함 깨우는데

바람들

꽃가지 흔들며 봄맞이

가지마다

움틈이 새록새록

동녘 트여

봄 바다 금빛 관세음이네!

이렇게 보고 그렇다고 아는, 그 아는 실체 뭘까요?

참구해 여리지까지……

봄빛 웃음으로。

맑고
파란 하늘 마음 되려
날갯짓 배우는 한송인
뒤뜰
주렁주렁 붉음에 도광
훨훨한
허공을 부여잡는 만공
은산철벽
잣나무 심는 붓, 법광
하얀
목련 마음 날갯짓, 선화
흰
구름 속 잠잠한 선묵
한 송이
고결함 한결같은 한결
여며 오며 여며 가네
가섭의 미소……

이러히 이러한 한송뜰 어우러져 어울림 되었네.
무엇이 있어 이렇게 잘 아는지 아는 그놈 꽉 잡아 진실하게 삽시다.
어우러짐에 미소를.

자신이 부처랍니다
비록 여물진 않았지만
우리는 늘 부처와 함께입니다
오롯함(부처) 담고 있는 몸
소멸될 몸 관리하는 마음
마음(부처) 몸이 깨질까
잘못될까 늘 수리하고
다듬으며 보살피는 보살
보살이란 넓은 마음으로
모두를 아우르는 '이'

우린 아직 갓 태어난 아기 부처입니다
그 아긴 홀로서기 연습 중
뒤집기, 배밀이, 앉기, 기기, 서기, 걷기 배움 중
눈맞추기, 옹알이, 낯가림 배울 게 너무 많습니다
홀로서기까진 고난이 따릅니다
아상, 인상, 중생상, 수자상 등
넘어야 할 재 많습니다
가파르고 절벽도 있습니다

힘에 겨워 온갖 심술 다 부릴 때도
삐딱하여 넘어져 깨져 아파할 때도
내 것만이 옳다고 옹고집 부릴 때도
남에 것이 크고 좋아 보여 질투할 때도
네 편 내 편 가르며 편먹어 싸울 때도
우린 어려서 몰랐기에 그랬습니다

봄, 여름, 가을, 겨울 지나니 알겠네요
순간순간
찰나 찰나 매 계절마다 아픔을……
커 감에 아픔이 따른다는 것을……
그 아픔의 끝 부처(완성)의 자리
니르바나 여리지란 것을!……

아픔 치유합시다. 보고 그렇다고 '아는' 그것이 무엇인지? 사유란 약입니다.
아픔도 미소로 ●

내 벗들은
내게
얼굴이 없다 합니다
나이도
물론 없다 합니다
이렇게
아침 인사도 잘 하는데!······
왜?
내 벗들은
얼굴이 없다 할까요?
나이도 없다 할까요?
참 모를 일입니다
왜 없다 하는지?!
알 수 없습니다
왜 없다 하는지!?
'돌' '돌' '돌'!

웃지만 얼굴 없음。

맑은 님
어디에서 날아 왔나
고움의 마음
살짝한 고집이 더 매력으로
밤하늘 반짝임으로 다가오네
나
예 있음 밝히려 반짝이네
맑은 눈, 밝은 세상 더 밝히렴인가
티 없어 더욱 반짝이네
길
빛나고 빛남이여!

미묘하여 꼭 짚어 압니다
아는 님 미묘하여
말로는 그릴 수 없습니다
그 '아는' 님 도대체 뭘까요?
무엇이 소소영영 알까요?
무엇이!……

반갑게 웃으며.

사월 초닷새 식목일
이곳엔 비가 내려
나무 심기에 좋은 날
피톤치드 나무도 좋지만
과일나무나 꽃나무도 좋을 것 같습니다
매화 꽃 터널 지나
벚꽃, 복숭아꽃, 살구꽃이
온 산에 듬듬이 피었습니다
봄 동산 꽃을 보며
하얀 꽃잎 타고 흰 구름 속을 지나
파란 빈 하늘 날고 있답니다
비고 비어 파란 하늘 날면
하얗게 하얗게 새하얗게 마음 물들여집니다
아니 검고 찌든 마음 하얀 꽃잎은 씻어 줍니다
하얌으로 새하얌으로……
사월 오일 식목일
오늘은 나무 심기 좋은 날!……

하얀 마음 심읍시다. 영원한 마음, 영원한 참이치,
진실한 '나' 빈틈없이 심어 영원의 한길 갑시다.
웃으며 식목일을.

바라보는 '이'
우리 한송뜰에는
없는 것이 없습니다
함께 어우러진
우주 한송뜰입니다
한송뜰인 우주에는
너와 나 함께인 우립니다
우린 한송뜰 모두입니다
한송뜰 여리지에 오르려면
때로는 마장 장애도 있습니다
마장인지 모르고
마왕과 소풍 간 친구도 있고
소풍 갔다 온 친구도 있고!
잠시 소풍 갔다 온 친구들은
매 순간 '참나' 여의지 않으려
정진에 정진을 가합니다

자기 자신을 잘 챙기고 잘 챙겨 갑시다.
미소 속 한송뜰.

아득한
저 옛날의
아름다운 소식이여
오늘에
와~~~!
한 소리
그 맑은 바람
온 누리에
따스하게 스미네
따스하게 스며지네
따스하게……

이러함을 아는 나, 뭣이 있어 이리 알까요? 아는 '이것이' 뭘까요?
사유하여 봅시다.
웃으며 찰나를。

'1초 여리지'
1초 1초, 찰나 찰나
자아 완성을 향하려면
귀로 들어서 듣고 있음을 '아는'
눈으로 보아서 보고 있음을 '아는'
몸으로 느껴서 느끼고 있음을 '아는'
그렇다고 알아서 이와 같이 작용함을 '아는'
이렇게 '아는 실체'를 확실히 알고 가야 합니다

진실한 자기를 향해
1초 1초 부여잡고 헛됨에 빠지지 맙시다
일초의 여리지 우럽니다
그럼에 우린 언제나 늘입니다
그러함에 우린 언제나 언제나입니다

우리들이 찰나를 놓치지 않고 참구하면
우리는 여리지에 이를 겁니다
언젠가는 그 언젠가는!……

잘 살펴서 갑시다.
웃으며 여리지에.

자기가 명품임을
잊지는 않으셨겠죠?!

이 세상에
단 하나밖에 없는 나
나란 명품을
어느 오일장에
싸게 팔고 오시진 않으셨죠
나란 둘 없기에
무한가보라는 것도 아시죠!?
그런 명품
딱 한 점 명품을 쇼윈도에
잘 돋보이게 진열도 하시고
무한가보 보관도 잘 하세요
내 명품은 내가 관리하시고
절대 남에게 맡기지 마세요
부모, 자식이라 할지라도
남편, 아내라 할지라도!······
내 명품의 가치와 성품을
자신이 제일 잘 압니다

남은 관리하기 어렵답니다
성품과 성질을 모르기에
고장 내기 일쑤랍니다
이렇게 저렇게
트집 잡아 고장을 냅니다
절대 남께 맡기지 맙시다
자신이 씻고 닦고 아끼며
윤기 나게 다스리세요
내 명품 영원할 수 있게!……

잘 살펴 갑시다.
웃음에 복이.

음,
이 향기
어디서 오나
이곳은 부처님 나투실 곳
천상의 향기가 그렇기에
음,
이렇게 여기까지!······
하늘 향
안개비처럼 내리네
이 산 너울에도
저 산 기슭에도
이 향기 가득히 번져 앉네!
우리들
첫 맞이함 향기로 맞으니
음,
만공에 가득해라!
향기 만공에 가득해라!
도량
첫 발걸음 향기로운 주단
지르밟고 오라 함인가

도량

구석구석 향기로

공양 올려 맞이하네!

다다른 곳!

FM!……

완전한 샘플!……

툭 트인 동해 바다

태평양일세

와~아~ 태평양이야!……

무엇이 이렇게 알까요? 아는 '이것' 뭘까요? 잘 살펴봅시다.

새롬한 미소를.

갈 바도 없는데
의연히
올 사람 누구인가
온 이 없는데
초연히
가는 이 누구인가
지금
그 자리 여기에
옛
그 자리 어디멘가
뜬 구름
바람결에 날리고
물
깊은 골 따라 흐른다

이 무슨 도리인가?
미소로 하루를.

굽고 곧은 것 분명도해라
석가의 노래,
춤추는 문수보살
즐겁고 즐거워라
우리들 삶이여,
하나, 둘, 셋……
열에 이르니
어허야 어기야,
뱃노래
우리들 생이여!

알고 있다고 '아는 것', 그 아는 것이 뭘까요? 참구하여 여리지에……
웃으며 삽시다.

하나가 있어
하나이고
둘 있어 둘이네
하나는 하나
둘은 둘
하나도 하나요
둘도 하나라
칠흑 같은 동굴 속에
한 송이 꽃
오롯이 홀로 피었어라
터벅터벅 가는 이 길
텅 비어 아득해라
가고 가는 이 길
틈 없어 텅 비었어라
만공은 텅!……

?? 〇‼
웃음도 만공에.

그물에 걸리지 않는 바람같이
누군가 날 미워한다 해도
마음 걸려 힘듦에 들지 말자

미워하는 마음은
미워하는 마음 내는 그 사람 것
미워하는 마음
받지 않음은 자신 것

누군가 미워하는 마음 주려 하면
얼른 마음속으로 뛰어와
아는 '이것이 뭐꼬?'로 퇴치하자

미워한다고 알고 있는
자신의 마음 집에 들어와서
조용히 자신의 마음 집을 지키며
평온의 세계로 향하자
니르바나 그 세계로!……

그렇다고 알고 있는 그것이 무엇인가로 쉬어 가 봅시다.
걸림 없는 미소를.

❀ 나옹 스님,
이 마음 어두우면
산은 산 물은 물인데
이 마음 밝아지면
티끌 티끌이 한 몸이네
어둠이랑 밝음이랑
함께 거두어 버리니
닭은 꼬끼오
새벽마다 꼬끼오

❀ 지공 스님,
나도 아침마다
징소리 듣는다네

❀ 나,
이 마음 밝으니
산은 산 물은 물이요
이 마음 어두우니
티끌 티끌이 티끌이네
어둠은 어둠

밝음은 밝음
보름달 휘영청하니
산, 물, 티끌이 또렷하네

미소로 무명을…….

비로자나불
　　　삼매 속……(　　)
노사나불
　　　적적……(　　)
화신불
　　　묵묵……(　　)!

잠잠히 잠들어 밤 고요한데
늙은 중 몸 뒤척이매
달빛 내려
한송뜰 거닐고 있네

먼 산 울림 따라
부엉부엉 부엉
기다림에 노래인가
달빛 물들이며
고요 밟고 예까지!……

고요한 마음, 고요하다 '아는' 마음 무엇이 알까요?
잘 살펴서 완성된 '나'임을 알고 갑시다.
미소로 환하게.

저 산
홀로 청정함은
맑은 바람결 씻김인가!

외로이
기다림은 오매불망!……

언제일까
기다림에 끝은!……

그리움 바람
청아하게 솔솔한데
맑은 님 오시는 곳 어디멘고

지금 여긴……
청아한 바람
뼛속마저 텅텅하네!……

잘 살펴봅시다.
미소로 만남을 。

가끔
들르는 곳
커피 하우스
오늘은
이곳이 내겐 청정도량
밀려오는
옛 얘기 부딪치는 갯바위
들릴 듯한 잡힐 듯한 '이 뭣고'
마음 한가득
끌어안고 철석이다
포말 되어 흔적 없네
오늘
커피가 날 기다린 날
오늘
내 님 날 기다린 이곳은
내
가끔 들리는 커피 하우스

물거품은 어디에?…… 내 마음은 어디에?…… 잘 살펴서 여리지에
미소로 나다운 날.

내
눈이 뜨이던 날
봄
차창 밖이었습니다
내
눈이 열리던 날 아지랑이 피는
차창 밖이었습니다
내
눈이 보이던 날
마음 한가득한 봄이었습니다
내
눈이 눈이던 날
너, 나가 하나 되고
그 하나는 우리가 되었습니다.
내 눈이 눈이던 날에!……
비로서!……
여기에!……

나는 무엇인지 곰곰이 사유해 봅시다. 무엇이 이렇게 잘 아는지?
잘 살펴 갑시다.
눈웃음 지으며.

바람이 붑니다
바람은 구석구석
파고들어 헤집고 가네요
비바람이라 더 모집니다
추워 온몸이 떨립니다
바람이 화가
단단히 났나 봅니다
뭘
바로잡을 게 있어
이리 요란한지 모르겠습니다
달리는 차도 빗줄기에
휘청휘청 주룩주룩 웁니다
바람에 겨운 화분과 그 친구
넘어지고 깨져 울고 있네요
비닐하우스는 찢기고 날려
바람 되어 날아갔습니다
지구가 커 가는 것인지
늙어 가는 것인지……
나란 작은 지구는
큰 지구의 몸트림에

아무것도 할 수가 없습니다
몰아치는 바람 앞에
몸 움츠려 떨고 있을 뿐……
몸 추워 떨고 있는 내 안에
추워 떨고 있다고 '아는'
묘한 녀석이 있네요!
추위도 떨지 않는 묘한 '이'
그는 요지부동이네요!

아는 묘한 그는 요지부동! 무엇이 요지부동일까요?
웃으며 묘함에.

삼월 보름날
한 달 전만 해도
산골 암자 빈 뜰엔
달빛 내려와 참선 걸음 중이더니

오늘 삼월 보름
삼매 중이던 달빛
오색연등 늘어섬에
불빛
저만치서 바라보네

보름달
사월 보름은 언제일고!……
한송뜰
삼매 걸음 한 달 후라네

옛 님 오실 길
색색 오색연등
한송뜰 밝게 밝히는
오늘 삼월 보름

연등
한송뜰 틈틈이
줄지어 저기까지
둥 둥 둥 예까지!……
달빛이 그리운
오늘은 삼월 보름!……

봉축
사월 초파일
만공에
두둥실 오색연등불 켜니
보름달
밤배 타고 원공에 이르고
허허로운 무공
옛 님 속 빛이 되네!

부족함, 완벽함 여읜 마음 부처라 한답니다. 무엇이 여읜 줄 알까요?
참구하여 여리지에……
여읜 미소로.

거울이 있습니다
그 거울은 모든 사물을
비춰 볼 수 있게 하지만
정작 자신은 못 봅니다
자신이 거울인 줄 모릅니다
하지만 비춰 주는 역할은
확연하게 합니다

우리들의 보는 눈도
거울 같습니다
눈 스스로가 눈인 줄 모릅니다
봐도 알지 못합니다
눈을 통해서 보는 '이'
그 보는 주체가 있습니다
눈은 보아서 알 수 있도록
매개체 역할을 맡았습니다

그럼 뭐가 있어
눈을 통해 볼까요?……
도대체 무엇이 볼까요?

만들어진 눈은 길어야
100년이 기한입니다
하지만 눈을 통해 보는
그 님은 기한이 없답니다
쭈우욱한 '님' 뭘까요?
나라고 하는 '이'
눈을 통해 보는 '이'
무엇일까요?

잘 살펴서 갑시다.
봅니다, 미소로.

그렇게 살자
우리 그렇게 살자
미움도 사랑으로
너랑 나랑
그냥 우리로 살자
아픔도 기쁨도
넘어선 마음으로 살자
너랑 나랑
그냥 우리로 살자
멍청한 듯이 살자
(멍~청~)?!까지 가 보자

잘 살펴서 갑시다.
웃으며 나의 길.

발길에 채이기에
손길에 잡히기에
눈에 거슬리기에
코를 자극하기에
사나운 독기 뿜어낸 입
듣는 것에 거슬려한 귀에
휘둘리며 살아온 세월
지금도 쉼 없이 일어나는
오온의 나부랭이들
뚝!
그날 언제쯤일까?
어디쯤이 그곳일까?
그곳
아득하기만 한데
오늘 여긴 어딜까?
찰나 봄
확연무성
여리지엔!⋯⋯

잘 살펴 갑시다. 나란 '뭔지' 알고서
웃으며 가는 길.

오늘은 행복에
씨앗을 심읍시다
내 마음의 땅에
미래에 예쁘고 아름답게 필
사랑과 행복의 씨앗을……
우리 마음은
헤아릴 수 없이 많은
씨앗을 가지고 있답니다
물론 눈에는 보이지 않지만
그 씨앗을
우리는 1초 1초
심고 또 심어
미래의 나를 만들어 갑니다
기왕 심는 씨앗
좋은 씨앗 심어 봅시다
자신을 아끼고 사랑하는
남을 존중하는 마음 심어
다른 날에
나도 남에게 존중 받을
그런 씨앗 심읍시다

지금 이 순간의 삶이란
과거 어느 생에
심어 놓은 씨앗의 열매입니다
오늘은
행복한 좋은 씨앗을 심어
훗날 행복한 꽃 피우고
행복한 열매 맺도록 합시다

좋은 씨앗이라는, 나라고 하는 이것이 뭘까? 사유 · 참구입니다……
새로움에 미소를.

옛 가람 운주사
옛 님과 함께하니
바람도 시샘하듯
세차게 몰아치고
눈꽃비 휘날림은
영산회상이런가
가섭은 휘적휘적
꽃비 속을 따르네

옛 님들 계신 곳 운주사
눈보라 그 속엔
염화시중 드시고
염화미소가 흐르고
그 님과 함께한 곳
영산회상이런가
꽃비는 님 따르고
눈보라도 님 따르네

새하얀 눈꽃 내려 앉아
소담한 운주사

세월 스침은 미소로
세월 흐름도 미소로
하루가 천년이다
영산회상이련가
와불은 묵묵하고
가섭은 미소 짓네

절절히 내려앉는
한 잎 한 잎 눈 꽃잎
절절한 님의 마음
그려 가고 그려 오는데
마주하는 옛 님 미소
아리 아리 아려져 오네
빙긋한 그 미소
가없는 속 그러하게 흐르네!

나라고 하는 것 무엇일까?
예스러운 미소.

소광리에는
솔바람이 있습니다
그 곁에는
솔향기도 있고요
바람 따라
솔 소리 꿈 날개 폅니다
솔바람
새하얀 돌배꽃 앉아
향기 부릅니다

산벚꽃
소광리 머금어 곱습니다
산벚꽃
물향에 젖은 뽀얀 가슴
금강송
사이사이 산새들 집 짓고
소올솔
바람결 천상의 하모니
봄 옴 반겨 마중하는 길
솔소리

소광리 하늘 봅니다
하얀 달빛 너머
초롱이
하늘 까맘에
콕콕 박혀 빛납니다
소광리
빛 쏟아 붓는답니다

소광리
솔바람
솔향기
솔 소리
개울 맑음 마음 풍덩
놀란 물
여울져 내달립니다
○ 소리 풀어냅니다
동해 바다 멍 멍멍!……

솔바람 소리, 솔향기. 으음, 무엇이 이렇게 알까요?
아는 '이것은' 뭘까요?
웃으며 삽시다●

세상이란 뜰
그 중심은 나
넓은 세상
난
인생놀이패 주연
주어진 배역은
매 순간순간 다르고
지금은
닦음에 전념하는
수행자의 길

수행의 이 길
어제도 걸어왔고
내일 또한 걸으리라
미진함?!……
미진수……
참 어렵다
주고받는 인생사
부딪쳐
툭툭

쿡욱 쿡

쓸려 오는 아픔

좁아지는 내 마음

골 깊어

머리만 감춰지고

은산철벽

머리 없는 도드라짐

도드라짐

무상이 무념이

도드라짐

찰나 여리지!……

잘 살펴서 여리지에
웃는 세상으로.

지난겨울 언 땅속에서
모짐을 견뎠습니다
살살한 봄바람에
몸이 녹기 시작하기에
쑥 고개 내밀어 보았습니다
눈 부셨습니다
나보다 먼저 일어난 형
벌써 꽃피웁니다
보랏빛 제비로
양지로 노랗게 옷 입고!……
난 그냥 쑥쑥 자라렵니다
어디든 틈 있으면
쭉 뻗어 쑥 올라온답니다
사람들에게 잘려
국이나 떡이나 쑥버무리가 돼도
장마나 태풍의 심술에도
굴하지 않을 겁니다
가을까지 가렵니다
가을 노란 들국화로
저승사자인 서리 올 때까지 꿋꿋하게 견뎌서

가을날 지천으로 노랗게……
갈바람 결에 쌉싸래한 향 뿌리며
들국화로 살 겁니다
한낱 쑥이 들국화 되어
노람의 갈 들판 만들 겁니다
내 뿌리가 없어져
멸종될 때까지……
그렇게 자라고 필 겁니다

나는 무엇일까요? 소소영영한 나란 뭘까요??
쑥처럼 쑥한 미소.

이쪽 여기에 저기 저쪽에도
화알짝 활짝 열립니다
닫힌 마음, 닫힌 문이
여몄던 망울 열고
해초롬한 웃음 짓습니다
티 없이 활짝 열어 봅니다
봄 향기 바람 따라
봄 하늘 하얀 꽃잎
하늘하늘 나비인 양 납니다
내 마음
네 마음
우리들 마음에
두 팔 벌려 웃으며 옵니다
향긋 베어 물고
내 마음에 빗장 엽니다
봄
향연 한송뜰입니다

묻습니다, 자신에게 봄이라고 알고 있는 '나' 뭘까요?
무엇이 이렇게 알까요?
웃으며 봄을.

안개가
한치 앞을 가립니다
처음 길
멈칫합니다
내 마음
늘 안개 가득
갈 길 오리무중
그래도 갑니다
어딘지 모를 그곳
꼭 한 길
나의 길
설렘과 그리움 안고
안개 속 코뿔소 외뿔처럼
뚜벅뚜벅 걸어갑니다
초연히……
나의 길
나의 그 길을……

잘 살펴서 갑시다.
미소로 향하는 맘.

먹는 것이 남는 것
먹음 즐기는 님들
'무엇이' 그리 먹나요?
먹은 것은
어디에 있나요?
어느 곳에
쌓아 놓으셨나요?
쌓아 놓음이 없다면
먹고 마심에
빠지지 마시고
몸의 보약으로 알고
적정량 섭취하라 하신
옛 님의 말씀에
귀 기울여 보시옵소서!

잠깐만이라도
자신의 본심
찾아 보시옵소서!
어떤 마음이
내 본 마음인지를!?……

해탈의 경지
어려울 것 없습니다
내 마음의 본처
알기만 하면 될 뿐
내 마음의 본처
보기만 하면 될 뿐!……

잘 살펴서 갑시다.
오월 미소로 맞으며.

봄
동산을 지나가는 길
봄
동산은 발 딛기 어렵네요
봄
아기들 고개 들어
봄
세상을 누리기에
봄
동산은 가지 마세요
봄
동산은 산고 중
봄
아기들 밟힐까봐
봄
동산은 바라만 보세요
봄
물색만 담아 보세요
봄
가슴에 담아 보세요

봄
여리기에 살포시
봄
동산은 우리들 쉼
봄
동산 싱긋한 미소
봄
한송뜰 늘 봄 동산
봄
한송뜰 확연무성!
봄
찰나 확연무성
봄
찰나 여리지

나의 길, '나란 뭘까?'로 잘 살펴서 갑시다.
자신에게 미소를.

님의
진실함에 내 마음 찡
님의
거짓스러움에 내 마음 '돌'
님의
진솔함에 내 마음 몰록
님의
눈가림에 내 마음 '돌'
진실에는
모든 것이 님에게
눈속임도
훗날 자신이 맞이할 열매
님이
남 속일 수 있다면
님이
님부터 속이소서
님이
님을 속이지 못하는 한
님은
남 속일 수 없음 알고

진실한 님 되소서
믿는 도끼가 제 발 찍듯
남이 모른다는 생각은 믿는 도끼
진실함은 행복함으로 가는 길

진실되게 잘 살펴 가십다. 그렇다고 아는 '마음', 그 마음이란 뭘까?로……
미소도 진실하게。

어린아이라고
함부로 하지 말자
아이들은
아이들 그대로
세상의 제일 존귀한
홀로 우뚝한 님들
아직 어린
세상에 제일인(人)이다

비록
내 아들 딸이란
유전자를 받아 왔지만
그 유전자는 아이의 집
언젠가는 무너지는 집
무너지지 않는 영원함
그 영원함이 아이들 것

지금은
내 아이들로 온
홀로 존귀한 어린 님

미래에는
완성자 여리지님
훗날 소중한
홀로 성스런 님이다

우리가
관세음보살님 되어서
어린 님들
삿된 길 아닌
바름의 길로 인도하자

Ps. 관세음보살의 뜻
관세음 : 세상에 소리를 바르게 듣고 세상만사를 바르게 본 '이'
보살 : 바르게 보고 바르게 들은 것을 올바름으로 보살필 수
　　　있는 성스런 '이'

챙깁시다, 아는 마음, 무엇이 그리 아는지?
딸, 아들에게 미소를.

오늘은
자기 가슴에 사랑을
두 손에 담아 올려 봅니다
가슴속에
내가 팔딱팔딱 숨 쉽니다
살아 있다고 걱정 말라고 팔딱입니다
내 몸속
심장이란 장기는 마음의 집
심장이 뛰는 한
내 마음의 집은 건강합니다
내 마음의 집
건강히 지키려면
세상의 온갖 일들로부터
자유로워져야 합니다
모든 세속 일
부담스럽게 받지 말고
마음의 집인 가슴에
부드럽게 속삭여 줍니다
자기 이름 살짝 부르며
관세음보살 하든지

자기 이름 부르며
사랑해 라고 하든지
자기 이름 부르며
힘들지 말자 하든지
자기 이름 부르며
알고 있어 하든지
자기 이름 부르고
'이 뭣고' 하든지 하면서
자기 마음을 토닥여 줍니다
화나지 않도록
아프지 않도록
힘이 날 수 있도록
내가 나를 알고 아껴 줍니다
자비의 사랑 가득할 수 있도록
나인 내가 나를 살핍니다

살피고 살펴서 여리지에
내게 사랑의 미소를.

물은 처지는 성품을 갖고 있습니다
무겁습니다
무거워 자꾸 내려갑니다
이와 같이 우리의 마음도 그렇습니다
어떠한 생각을 하느냐에 따라
깊이가 달라집니다
내가 부처(완전한) 경지 원한다면
부처를 이룰 거고
보살(보살피는 이) 경지 원한다면
보살을 이루고
우울한 생각하면
세상 우울한 기운이
비구름처럼 몰려와 우울해지고
밝고 맑은 생각하면
밝고 맑음이 몰려와
늘 맑고 밝아 평화롭고
어떤 일이든 목표를
어느 곳에 설정하느냐에 따라
내 인생은 그곳을 향합니다
자기의 생각을 어디에 두느냐에 따라

그쪽으로 치우칠 수밖에 없습니다
그쪽이 무거우니까 그리 됩니다

바르게 보고 바르게 갑시다
자기 인생은
본인 스스로 해결할 수 있는 능력이 있습니다
그 누구도 대신 해줄 수 없는 게
내 세상 만드는 일입니다
내 인생 나 홀로
참답게 참이치, 참진리 이루는 겁니다

내 인생 주인은 바로 '나', 잘 살펴보며 갑시다
미소로 그날까지.

오늘은 어버이날
내가 태어날 수 있도록
먼저 이 세상에 뿌리를
튼튼히 내리고 계셨던 님들
그 님은 어버이님이십니다

세상살이에 고달프다고
뜻과 같이 안 될 때
우린 어버이께 탓합니다
우린 그 분들의 인생사에
인연이란 이름으로 찾아와
그분들의 자양분을 먹고
태어났고 태어나 커 가면서
때로는 왜 나를 낳았느냐,
내가 언제 낳아 달랬느냐
심통도 부렸답니다

부모님께서
날 낳아주시긴 했지만
태어나고자 찾아간 '이'

바로 내 마음입니다
모양 없는 내 마음이
모양을 만들기 위해 부모님 몸을
빌어서 태어난 것입니다
세상을 살아갈 수 있도록
바탕이 되어 주셨음에
부모님 선조님들께
우리는 늘 감사해야 합니다
우리가 아이들의 바탕이듯
내 여기에 있게 모든 초점을
우리에게 맞추어 주신 부모님
오늘만이라도 마음에 기려
고마움 전합시다
나의 전신 부모님께
한없는 감사를······

잘 보고 살펴서 갑시다.
늘 미소로 부모님께。

내 아내를, 내 남편을

내가 소중히 여기자

내 아내, 내 남편을

내가 소중히 여기지 않는다면

남들도 하찮게 여긴다

내게 제일 소중한

단 한 사람임을 알고

늘 아끼고 보살피며

감사한 마음을 보내자

내 아내, 내 남편이 진정으로

소중한 사람이기에

가슴에서 우러나는

진한 감동의 사랑을

주며 받으며 살아가자

제일 존귀한 님

아내이며 남편이다

옆에 건강히 있을 때

소중함 알고 절절히

마음 나누며 살아가자

제일 소중한 아내이고 남편이며

둘 없는 길벗이다
부부의 연은 몸이 흩어질 때
아내, 남편이란 역할도 막을 내린다
그때까지는 서로 존중하며
사랑으로 살피고
잘 살펴서 행복함에……

○ 잘 살펴서 그렇다고 아는 '나' 챙기면서!……
웃음을 서로에게.

연진과 마시던 옛벗차
생각나 다시 찾았습니다
연진과 나눈 이야기
마시려고 또 들렀습니다
삼지리, 연진과 나눈 마음
옅게 피는 예쁨 따라 온 길
폐업, 오지 말라 하네요

혜월과 마시던 달빛차
맑음 따라 찾아 왔더니
혜월과 따던 달 그리워
한걸음에 찾아 왔더니
혜월과 찾던 마음 잊을까 찾으러 왔더니
퐛말 위에 새 한 마리
그냥 가라며 훌쩍 납니다

보혜와 마신 민화차
홀로 목마름 축이러 온 길
보혜와 마시던 옛 이야기
걸음걸음 앞세워 왔더니

보혜와 그리던 그림 보러
굽이굽이 넘어 왔더니
그냥 돌아가라 하네요

연진 혜월 보혜는 옛 님
그냥 두고 가라 하네요

하나 외로울까봐
둘 너무 다정할까봐
셋 둥글러짐에 삼지
고요 물 가르고 연꽃 함초롬히 필 적에
옛 솔 품은 연 향기 아침 햇살 물안개 끓여
옛 솔잎 연차 우려 옛 솔 뾰족 잎 타고
영롱함은 이러히 똑똑……
그윽함에 연진
기품에 혜월
넓음에 보혜
구름 구름 연꽃'인'

○ 홀로 갈 '나', 나라고 하는 것 무엇인지? 잘 살펴서 갑시다.
추억도 미소로 ●

예전 사람들 이렇게 말씀하셨네
외나무다리 건널 때
두 눈 밝은 사람
손잡고 건너가라고
두 눈 어두운 이
손잡고 간다면
위험할 수 있다고……

무엇을 결정하기 전
호흡 깊게 세 번 하여
복잡함, 두려움, 갈등 등등
맑게 걸러 내면
들뜬 감정이 차분히 내려진다
차분한 마음일 때
해야 할 일 하자
그러면 그르칠 일 적어진다

심호흡으로 마음 다스리며 살자
우리는 모자람이 없다
제일인 자기를 더 빛나게 하자

깊은 사유의 숨 쉬기로 순간을 쉬어가자
마음 여유에 이르자
마음 여유로움 함께 나누며 살자

잘 살펴서 세상 유일무이한
제일인(人)인 '나'
그 참나를 의지해 살면
자신이 완전한 이임을
아는 여리지에 이른다

오늘도 어김없이 '나' 자신의 마음 들여다보자.
웃으며 바름에.

스님!
새하얀 찔레꽃에
이끌려 오다 보니
여기까지 왔습니다.
고운 스님 얼굴
한번 뵙고 가려 했는데
스님 대신
부드러운 바람결이,
풍경소리가
절 반겨 주는 듯합니다.
고요한 빈 뜰에
잠시 앉았다 갑니다.

　　　　　　　 - 연진

깨진 기왓장 밑에 쪽지
연진 벗 한송뜰에
왔었나 봅니다
꼭 봐야 될 것 같은 마음
QM5 앞세웁니다
찔레 이야기 있는 곳

하얀 찔레꽃 보살
찔레꽃 닮은 연진
찔레꽃 같은 현자
하얀 마음 피어납니다
고운 결에……
고운 맘이!……
열나흘 달빛 따라
찔레는 쌉싸름하게
하늘 길에
날갯짓 흩날리며
열나흘 달빛
물결에 곱게 곱게
마음 절여 보냅니다
옛
그 고움
예
이어 예까지!……

하얀 찔레꽃 미소로。

부처란

마음의 고향

고향을

찾고자 하는 이들이

부처를

구하지 않으면

마음을

언제 보려나!

친구들이여!

말에 속지 말고

참구하고

또 참구할지어다

무엇이

그리 아는지를!

살피고 살펴서 갑시다.

웃는 얼굴로。

모양 만들다
모양 만들다
흐른 세월 한량없고
모양 허물다
모양 허물다
지친 몸 끝없는 세월이었다네
오늘
만들지 않으니
오늘
허물 것 없네
만든 날 오늘
허묾 끝내는 날 오늘
오늘은 사월 초파일
석가모니 탄신 봉축일!
숫자조차 없는 날!

○ 잘 살펴서 여리지에
부처님 오신 날 미소.

꽃
핀
한송뜰
꽃 구름
하늘 노닐고
하늘
날 듯한 마음
아카시아
하얀 내음

우리들 때
꽃
향탕수로 씻으니
향기로운
한송인
탄생합니다

옴에 길
밝음으로
석가탄일!

온 길

기쁨으로

한송인 탄생일!

벌들도

바삐

축복의 향 나릅니다

찰나

찰나

봄

한송뜰

홀로 핀 꽃에……

○ 찰나 찰나를 놓치지 맙시다. 내 '참나'를.
찰나의 미소。

내 벗, 금산이 있습니다
금산은 어둠을 밝히는 이
길목 어두워 돌부리에 채일 때
금산은 밝게 밝게 밝혀
돌부리 보여 줍니다
어둠 저 멀리 도망칩니다
금산
밝은 빛에 쫓기어

금산
어둠을 몰아낸 이
환합니다
한송뜰 밤이 환합니다
한송뜰 대낮같이 환합니다
금산
밝게 비춥니다
밝게
한송인 빛이 되어!······

O 봅시다, 밝게 잘 살펴서 밝게!
미소로 빛납니다.

육조 혜능 스님
눈이 열리는 날에
금강경 읊으신 스님이여
읊조린 노래 소리에
노행자 육조 되셨는데

님께서는
금강경 노래만 부르고
무엇을 얻으셨는지!?
얻음이 뭔지 얻지 못함이 뭔지
님의 소식 궁금합니다?!

그 시절 님이
오늘에 나는 아닐 테지만
님이시여
님이시여……
'환'!?……

늘 함께하고 있는 나, '나'라고 하는 이것 뭘까요? 사유의 뜰에서 살핍니다.
과거심도 미소로。

스승의 날
내 9좌가 선물을 사왔네요
은혜의 케이크를……

예쁨에
카네션 양초
밝힌 불
너울너울
춤 춥니다
폭죽도
한소리 울립니다
참 되거라
바르거라 가르쳐……
뒤질 세라
5좌도 8좌도 부릅니다
참 되거라 바르거라
가르쳐 주신 스승의 은혜……

가슴 헤집어
내 좌들이 자리합니다

예쁨의 좌들이
곧고 곧은 좌들이
한결같은 좌들이
물듦 없는 좌들이
사랑스럽습니다
존경스럽습니다
내 좌인 벗들이……

O 한결같은 마음 잘 살펴서 여리지에
36좌들에게 미소를。

인지등
칠흑처럼 까만 밤
나
오기만 기다렸나 봅니다
지긋이 나
오기를 감은 듯한 눈으로……

암자 지붕 처마 끝에 집 짓고
환히 밝힙니다
개미도 놀라 가던 발길 바쁩니다

내
옴을 인지하여
밝음을 토합니다
밤 되면 졸다가도 벌떡 일어나
까맘을 밝게 합니다

그냥 지나치는 일은 없습니다
어찌 그리 잘 아는지
나

지나갈 때마다 밝게 비춰 인사합니다

어둡지 말라고
오는 길, 가는 길 어둡지 말라고
이렇게 매 순간순간 놓치지 말라 합니다

찰나를 이와 같이 인지하라고
처마 끝에 매달려
밤마다 경책합니다
어둠 어둠을 이러하게 경책하라 합니다

찰나 찰나 놓치지 말라고
금산이 달아 놓은 인지등
내게
밝게 말합니다
이러하게
마음 단속하라고!……

◯ 잘 살펴서 갑시다.
순간 미소를。

잘 살자
진실하게
너와 나
가르지 말자
우리는
함께하는 이들
우리는
한통속에 있는 이들
우리는
내가
아닌 우리입니다
나란
함께 이루어진
우주 한 조각 부품
이렇게 알면
등피안(登彼岸)입니다

O 이렇게 살뜰히 '아는' 나라고 하는 '이것' 뭘까요?
웃으며 등피안.

사랑의 눈으로 세상을 봅니다
보아서 사랑한다 말합니다
사랑의 소리 귀로 듣습니다
들어서 사랑으로 채워 갑니다
보아서
들어서
사랑이 흐르게 합니다
이 세상 니르바나 세계 되도록!

O 잘 살펴서 여리지에……
부드러운 미소로.

참이란 일어나는 감정

본래 자리로 잘 돌려보냄이여

지난 과거 일 옛길 따라 갔는데

생각도 옛길 따라 돌려보냅니다

지나간 일 지나가고 없는데

생각도 지나간 일 따라 보내세요

세월 흘러 보이시 않는 곳 샀는데

생각도 세월 따라 보내시구려

몸은 지난 세월 속으로 갔는데

생각도 세월 따라 갔는데

지금 이 자리에 데려오지 마세요

참이란 과거로 흘러간 것

생각으로 데려오지 않음입니다

지난 것 그냥 보내 주세요

지금을 참되게 맞이하세요

지금도 잡지 말고 맞이했으면 그냥 보내 주세요

흐르는 물처럼……

참! 참! 참!

○○○ 그렇습니다

건봉사

법당

한 구석에

앉아서

꾸벅꾸벅

졸고 있는 중(스님)

피곤인가?

나태인가!……

석존의

치아 사리

빙글빙글 맴돌고

석가세존 미소

몇 살이나 되는지?

건봉사!

아미타불

아미타불

나무 아미타불!!!

모든 일에 있어
참나로 살자
참스러움으로 살자
살피고 살펴서
어지럽지 않게 살자

맑음이 오면
맑음이 오는 대로
구름이 일면
구름이 이는 대로
비 오면
비 오는 대로
눈 오면
눈 오는 대로
바람 불면
바람 부는 대로
밝으면
밝은 대로 그렇게
살피고
살펴서 오롯이 보자

보아서

만공에 틈 없이 살자

빈틈없는

허허로움으로 살자!

참스런 나로 살자!

◯ 한 생각 일어날 때 일어난 '그곳' 살펴보자.

생각이 일어난 그'곳' 무엇이 있기에 일어나고 사라지는지?

잘 살펴서 내게로……

웃으며 가는 길.

아침이라고 산새들이 지저귑니다
일어나라고 맑은 햇살 보라고
그만 일어나라고
꾀꼬리며 참새며
제비며 비오새며
저마다 제 소리 합니다
오늘 아침은 유난히 싱그럽습니다
이 싱그러움 새들이 함께하자 하네요
몸 천근만근 같았는데
깊은 아침 공기로 공양하니
가볍습니다
내 집합체
수억의 친구들이
으쌰으쌰합니다
그래서 가볍습니다

웃으며 하루를.

한 방울
한 방울
모아져 모아짐 되니
푸른 동해 바다!
점
점
하나, 둘, 셋
모여지는 한송뜰
벽
없는 본래 마음이여!
맘
맘
모여 흐른
한송뜰 바다
묵묵한
환지본처여!……

O 알고 있는 '이' 뭘까? 챙기고 챙겨서 갑시다.
미소로 환함에.

홀로라 외롭다면
홀로라 할 수 없다
세상사 무엇에도
흔들림 없이
자신 마음 정복자
그는 참 홀로'인'
홀로란
신념이 뚜렷하여
헛됨에
물듦이 없는 이
맘
홀로 오롯한 이
맘
홀로 우뚝한 이
어디에도 걸림이 없는 이
그런 이
진정한 홀로랍니다

늘 살펴서 갑니다.
미소로 하나 됨을。

참으로
다가 왔습니다
참으로
다가와 행복을 줬습니다
참 행복한
시간들이었습니다
맑고 밝음으로
한송뜰에 피었습니다
환한 미소로
한송뜰 적셨습니다
님들의
진실한 한마음이
님들의 고운 미소가!······
님들의 참다움이······

◯ 잘 살피며 갑시다.
미소로 하루를●

한송뜰 마당에 인동초가
노란 하얀 금은화로 피었습니다
하얗게 펴서 노란 황금빛으로
금은화가 되었답니다
향기는 구름 타고 한송뜰 구석구석 어룹니다
내 꽃 좀 보라고
내 애기 좀 보라고
흰 구름 노란 너울로
음,
누빕니다, 내 마음속을
향 머금은 꽃구름으로
옳게 보는 님
바르게 듣는 님
옳고 바르게 지닌 님
관세음보살
우리는 관세음보살
나무 참관세음보살

잘 살펴서 갑니다.
미소로 꽃구름.

이

길

홀로라

더 아름답습니다

아름다움

까만 밤

하늘 따라

흐릅니다

은하수

별들 따라

그렇게

그렇게 흐릅니다

흘러

흘러 스밉니다

심연

그

깊고 깊음에!

○ '뭣이' 이리 주절댈까요? 뭣이? 잘 살펴서 여리지까지
별처럼 반짝인 미소。

멋스런 님이
참사람인 멋을 모르고
허깨비 사람 멋을 쫓아
이리저리 부대끼며
힘겹고 외롭고 괴로워
남들 원망하며 무너지지 않을
철옹성의 아상 테두리
치고 살아왔답니다

참멋을 꺼내 주고 싶어
허깨비 멋에 다가갔습니다
허깨비 멋은
저 분이 날 놀리는 건가?!
했답니다
참을 거짓이 누르는
이 세상 그럴 만도 하지요

그런 멋쟁이가
참멋쟁이를 알았답니다
알고는 천진스럽게

한송뜰
마구 뛰어논답니다
세월 세월 그 악업에서 풀려나
자유롭게 뛰놉니다

뾰족하기가 송곳보다
더 뾰족했던 님이
하하하
ㅎㅎㅎ
자유로운 불성이 되어
꽃사슴인 양 푸른 한송뜰 뛰논답니다
한송뜰에서
천진스럽게 웃으며
낭만스러움
한가득히 날려 보냅니다
한송뜰 지기들에게!……

○ 헛것 속에 '참'이여, 참이란 뭘까요?? 참이란!……
잘 살펴서 여리지 이룹니다.
웃으며 참의 세계로.

5장

불기 2560년 * 여름

백운봉에 홀로 앉아

옛길 접어드니

여기 설어 쿵

저기 설어 쿵쿵

쿵쿵 쿵

익어 가는 소리에

작은 가슴

철렁 벌렁 쏠리고 쏠려 가네

어디멘가 내 가야 할 곳은

어디멘가 그 어디멘가

메이고 메임에 갈가리 말라

쩍쩍한 마음

틈 틈 틈

찬바람 흘고 지남에 여운 일어

빙빙빙 빈 하늘에

옛길
더듬어 다다른 곳
서대암
길손
바뀌니
암자 또한
옛 모습 아니네

없는가?
암주는!
풀이 마당인데
드르렁 푸우
드르렁 푸후우
산속
속속히 박히니
놀란 풀들
뽑히고 쓰러지고
호미
삼태기
드르렁에 나뒹구는데

암주
드르렁 콧노래
낮잠
달달한 꿀맛
꿈은
하늘 날아 님 품속

옛 님
자욱 자욱
머물 일 없음에
빙긋한
옛 님은 미소로
흐르는 땀
솔바람 결에 씻기고
쉬어
쉬어가라 하네……

⭕ 이리 잘 아는 이 뭘까요? 참구하여 거기에, 참구하여 예까지!……
유월의 미소로.

하늘은
파랗게 물들어 있다
본래
빛깔은 없다 하는데
참 파랗다!
바라보는
나마저 파랗게
물들어
가슴이 저며 온다
매 순간
변함이 없다 하는데
찰나 찰나
변하여 다름 다름이네
마음마저
파란 이 아침 하늘
마음 파랗고
하늘 파랗고
우리들 파랗고
파랗다, 온통, 온통!……
머금은 마음

나의 현상계

작은 마음

무색무취

큰마음

파랗디 파랗고!……

작은 마음

부글부글 들끓어

괴롭다 말하네

큰마음

한눈 가득

넘쳐흐르는데

쉼 없이 넘쳐

쉼 없이 넘쳐흘러

예까지!……

○ 넘쳐흐른다고 뭐가 식별할까? 뭐가? 무엇이?……
웃으며.

나란 아집으로
고통스러운 삶 살지 말고
내 어리석음으로
고통스러움 받지 말자
나만이라는 고집은
나와 남을 괴로움 속으로 밀어 넣는다
그 모든 괴로움에
물들지 않으려면
찰나 찰나를
참자기로 채워라
찰나 찰나를
참자신으로 살아라
그럼 속에
우리는
완전함에 이를 것이다!
우리는
평온에 이를 것이다!

O 잘 갑시다. 살펴서.
미소는 내게로。

유월의 피곤을 잠재우는

부드러운 결바람

가부좌하고 시름하는 내게

고운님 손길처럼

부드럽게 다가옵니다

애쓰지 말라고

힘겨워 말라고

그냥 그렇게 가라 합니다

살짝 눈 감아 봅니다

참 싱그럽습니다

다가옴에 바람결이

스치는 듯 감싸는 바람결이

저 깊은 그 님께도 한 결에 다가갑니다

유월 사일 토요일 아침에

결 고운님이 바람으로 오셨습니다

고운님

결 고운님이!……

○ 잘 챙겨 갑시다. 바로 봅시다. 나! 나! 나!

웃으며 가는 길。

달
밝디 밝아라
까만 밤
홀로 한 점
빛님
월광보살 마하살

달
밝디 밝아라
은하수
맑은 물
홀로 떠운 달
빛님
옥토끼보살 마하살

달
밝디 밝아라
은하수
오작교
홀로 걷는 달

빛님
계수나무보살 마하살

달
밝디 밝아라
어슴푸레
맘
젖어 오는 달
빛님
한송뜰보살 마하살

O 압시다. 이 세상은 내가 주인이란 걸.
내 세상 내가 이끌어 간다는 걸. 뭣이 있어 이리 소소영영할까요?!
웃으며 달맞이.

세상을 봅니다
내 두 눈은
세상 소리 듣습니다
내 두 귀는
반쪽밖에 볼 수 없습니다
내 두 눈은
저 산 너미 소리 못 듣습니다
내 두 귀는

세상을 봅니다
내 한 눈 관세음
세상 소리 듣습니다
내 한 귀 관세음
한 눈이라 다 봅니다
내 한 눈 관세음
한 귀라 다 듣습니다
내 한 귀 관세음

내 관세음
빛 따라

소리 따라

사바세계 나툽니다

어둠에는 밝음으로

더러움에는 맑음으로

한송뜰 살핍니다

올바로 듣고

바로 본 내 관세음이……

◯ 빠짐없이 구석구석 찾아봅시다. '무엇'이 이렇게 보고 듣고 하는지?
미소로 한마음에 ●

안녕하세요?
처음 본 님이 첫인사 합니다
여물지 않아 저리 반가워합니다
시간 때우려 들른 커피엔프리마
싹틔운 두 여린 님 오셨습니다
엄마, 이모 손잡고서

쿵쿵쿵 뜁니다
놀란 엄마와 이모
죄송합니다, 인사합니다
티 없이 맑음이
어른들께는 철부지 꾸러기입니다
티 없어 마음 따라 흐른 샘이
퐁퐁퐁
솟아오름이 그렇습니다
어른들 눈에는……
참! 참! 참!

잘 살펴 갑시다.
여림에 미소를 。

촉촉이
비가 내렸네요
비가 머물고 간 자리에
안개가 아침을 가렸더니
실눈으로 세상 엽니다
안개 쫓겨 간 자리에는
시원스런 아침 공기 타고
풀잎마다 방울방울
맑은 구슬이 달려 있네요
따지 않아도
저 열매는
이슬 되어 고향 가겠죠
말없이
한줄기 영롱함을 남기면서 뚝!

O 이 아침 행복하소서. 가는 길 잘 살핍시다.
미소로 영롱히 。

오월의
향기는 저 산줄기 따라
산 너머 넘어갔습니다
유월의
향기는 느지[1]에 길게 늘여
한송뜰 자락에 뿌립니다
유월 장미는
옆에 잠깐 밀어 놓고서……

밤꽃 느지 한달음에 날아와
이내 코끝에
대롱대롱 아침이슬 됐네요
지난밤
밤새운 정진 끄트머리
꾸벅꾸벅 졸까봐서일까
새벽
희끔함 젖히며 달음질쳐
이내 코끝에 앉아 부릅니다
새벽 맑음 이 아침 안개 따라
이내 코끝에 앉아 부릅니다

눈, 눈 어서 뜨라고!
밤 느지 향기는!

연기 없는 향기는
긴긴 여름날 지나서
태풍 오는 가을날에
알밤이 되어
알알이 오겠죠, 한송뜰에
툭! 툭! 툭!
밤 느지 향이야 그렇다지만
내 안에 밤은 어떤 느지 어떤 향일까요?
모름 속
오늘 아침도 밤 느지 향에
풍덩!

O 참! 이렇게 소소영합니다! 무엇이? 소소영영할까요??
밤꽃의 미소로.

1 밤꽃의 옛말

길 걸음에 친구들 봅니다
오늘에 친구는 늦둥이 찔레꽃 한 송이

남들은 다 지고 열매 맺어 가는데
이 아인 이제서야 하얀 머금었습니다

새벽 안개는
하얀 얼굴 노란 미소에
한 방울로 여운 남겨
반짝임에 빛 주고 가네요

새벽 안개는
걸음에 길 친구들에게 골고루
아침 고귀한 선물 주고 가네요

고운 양귀비도
까칠한 가시넝쿨에도
골고루 맺힘에 아침 이슬을!······

○ 잘 살펴봅시다. 내 마음에 가시를, 내 마음의 보석을!
이 웃음 모두에게.

허공을 둘로 나눌 수 있을까?

허공은 텅 비었을까?

비었다면……

주인은 어디로 갔을까?

어디로?……

어디로 갔기에 텅 비었다 할까?

흘려버리지 말고

한 번쯤 곰곰이 사유해 봅시다

생각하면서, 생각하고 있음을

그렇다고 알고 있는 마음

이렇게 빈틈없이 잘 판단하는 이것이 뭔지??

뭐가 그리 잘 아는지?

뭘까? 뭘까? 뭘까?로

방치하여 잊은 자신

자기를 찾아 봅시다

진정한 자기란 도대체 뭔지

한 번쯤 자기를 찾아 봅시다

웃으며 순간을.

비가 옵니다
요란하게 소리 내며
어제 피곤함 씻기려는 심산인가
빗줄기 시원스럽습니다
어제 후덥지근함이
오늘에 비가 됐네요
어제 개미들이 줄지어
한송뜰 마당 저쪽에서 이쪽으로 이사 오더니
비 옴에 집 잠길까봐 이사 오더니
비 이렇게 오고 있네요
선견지명, 개미가 쓰고 있네요
빗줄기에 선견지명이라고……
개미는 비올 줄 알고
자기 식솔과 이사한 날
한송인들 모여 '새롬에 장' 연 날
새롬에 겨워 즐겁던 '나'
빗소리에 새벽잠 깨어
후다닥 글 끄적여 부칩니다

모두여 행복하소서.
어떠함에도 미소로

나에게는
지우개가 있습니다
이름은 관세음보살입니다
지난 일 지우고 싶을 때는 지웁니다
여지없이 관세음보살 지우개로 싹싹
미래 과보 받지 않으려고 지웁니다
관세음보살 지우개로 쓱쓱

내게는 힘의 원천이 있습니다
이름은 관세음보살입니다
힘들고 괴롭고 삶이 팍팍할 때 부릅니다
관세음보살 부름에 밀려 납니다, 고난이!……
부름에 모자람이 힘찹니다
만능 관세음보살, 그는 바로 자신에 내재된 '나'입니다
올곧게 보는 나
올곧게 듣는 나
세상 그러함을 아는 나
그 나는 불생불멸입니다

불생불멸인 '나' 잘 조각해 갑시다. 어디에도 물듦 없이……
웃습니다, 작가로.

오산 풍월대에 앉아서
휘어든 섬진강을 봅니다
끊기지 않은 실 되어서
섬진강 은빛 물 따라
백암산 옆에 끼고 길게 늘이며 갑니다
알알이 끊김 없는 푸름 되어 갑니다
하동 끝, 보타락가산까지입니다

기슭, 기슭에 이르러
하얀 포말 앞세우며 오릅니다
세상 바로 보는 님
세상 옳게 듣는 님
세상 함께하는 님
세상 어우러짐에 녹아든 님
세상 미소로 맞이하는 님
우리 님 계신 곳에!……
그 우리 님은 내 님이십니다, 내 님!……
확연무성(廓然無聲)한 이 '내'

◯ 찾아봅니다. 물줄기 따른 그 님을…… 그가 누구며 뭔지를?
풍월의 미소●

백운봉에 홀로 앉아
옛길 접어드니
여기 설어 쿵
저기 설어 쿵쿵
쿵쿵 쿵
익어 가는 소리에
작은 가슴
철렁 벌렁 쏠리고 쏠려 가네
어디멘가, 내 가야 할 곳은
어디멘가 그 어디멘가?
메이고 메임에 갈가리 말라
쩍쩍한 마음
틈 틈 틈
찬바람 훑고 지남에 여운 일어
빙빙빙 빈 하늘에!

○ 잘 살핍니다. 쩍쩍함 '아는 마음을'……
여운에 미소를.

백운봉에
홀로앉아 지는 해 바라기
백운봉에
내린 닻 이젠 올리고
어영차,
은하수에 밤배 띄워
별 하나 따서 담고
별 둘 따다 놓고
별 셋……
별 서른여섯 모아
한송 바다 무리누리 36

어영차,
한송뜰 빛 별 36
은하수 어둠 타고
서쪽 하늘 지나가니
이는 햇살 눈부셔
아침 깨어나네
황금빛 눈
아름 안고 아침 깨어나네

푸른 동해 바다는
둥실 띄워 해오름 놀이!
홋 홋 홋
그렇습니다, 그려!……

잘 봅시다, 틈 틈을……
은하 미소로.

휑함이
고래불²에 데려 왔습니다
모래알 알알이 모래 바다 이루고
없는 속 생겨나 물바다 이뤘네
동해 바다, 바다, 우리 바다!

달리는 차
시속이 만든 바람에 겨워
모래 틈 뿌리내려 삶, 삶, 해송들
가지가지 맞잡고
흔들리며 시속 60
솔바람 바람 되어
넓음 이 바다 돛 올리네

마음
저미기에 날아와
고래불 닿아
나도 고래 불(弗)
짠 바람
날려 온 선(禪)

묵묵히 싹 트고
갯바람, 갯바위 홀로 앉아
묵묵 선……

바다 위
그믐달 휘영 길 놓고
마음 저미는 이
어서 오라 부르네
빛 따라 이어옴 적멸 이르고
고래 불
나도 불, 너도 불, 여리지!?

잘 보고 갑니다. 티 있고 없고를, '잘' 보고
웃으며 달빛에.

2 경상북도 영덕에 있는 해변 이름

관 = 봅니다
세 = 세상을
음 = 듣습니다
보 = 옳고 바름을
살 = 보살피는 '이'

'나'
던져 보세요
관세음 바다에 유루복(有漏福)을
그럼 관세음보살 됩니다

'나'
던져 보세요
관세음 바다에 무루복(無漏福)을
그럼 관세음보살 됩니다

'나'
유루도 무루도
관세음 바다는 한 입에 꿀꺽
그럼 관세음보살 됩니다

'나'
따지지 마세요
관세음 바다는 한 입에 꿀꺽
그럼 관세음보살 됩니다

'나'
'나'란 관세음 바다는
그런 바다입니다
그런 관세음보살입니다

미소로 한입에.

허브 이야기
그곳엔 적우가 있습니다
이야기들이
여물어 맺힘 맺힙니다
어느 샌가
허브 한송뜰에 폈습니다
찔레꽃
날갯짓 허브 구름 타고
한송뜰 따라 꽃비가 됩니다
허브
은은히 향기로 젖습니다
새하얌 입가에 머금고
허브는 찔레꽃 이야기로
하늘하늘 허공 비웁니다
허공 빔에
호호 하하 천진
멋스럽게 그립니다
여여함이
꼭 한 길 일여 되어 감을……
그윽한 길

함초롬한 허브 길
자등에 법등 밝힙니다
고요히
참 그런 한송뜰에
주저리
주저리 피어 납니다
허브 이야기에는
적우가 있습니다
소박함
고요히 흐른 끝 고고함이
참스러움 한가히 그러한
우메 우메 우리!……

〇 잘 봅니다 '나'를, 뒤집지 말고!……
웃습니다, 앎에.

발길
머문 곳 동해 바닷가
검푸른
물결은 내 맘속
한순간도
멈추지 않는 파도
몇 안 되는
내 벗들 들끓는 맘
파도같이
한순간도 쉬지 않음에
검푸르게
검푸르게 물드는 내 맘
동해 바닷가 떠나면
멈추려나
동해 바닷가 떠나면!……

좌선대

해거름에 오산에 올라서서

옛 더듬어 좌선대 다다르니

의연함 풍김 또한 예스럽네!

비바람, 눈보라 벗 삼은 좌선대

순간 멈칫함 찰나를 보네

찰나란 말

무색함 속 비워 놓고

바람은 삼매 걸망에 메고

성삼재 넘어

반야봉 머무니

좌선대 졸고 있고

선정(選定)

바삐 해거름 속 달음질

꼿꼿함

끄떡끄떡

그렇다 그렇다 하네!

● 뭘? 뭐가? 뭣이? 나라고 하는 걸까?

미소로 해거름에.

그리운
내 님 찾아 나선 길
먼 길에
낡은 짚세기는
고향 몇 천 번 갔는데
그리운 님
발자국 보이지 않네

내 님
어느 곳, 어디에 있기에
그림자 보이질 않는지
애끓어 해끔해
눈곱이 주렁주렁 백년
여기저기
이 골 저 골 뒤져도
끝자락은커녕 자국도 없네

구름에 실려 갔나
바람에 씻겨 갔나
샛바람 흔적조차 없는데

님 향한 그 길

어둠에 묻힐까 싶어

눈 끔벅여 어둠 몰고서

어기여차

어기여차, 어기여차!

오르려 하네

오르려 하네

오름에 님 계신 곳에!……

O 뭣이 이렇게 '날' 그리워할까요?

뭐가 있어 이렇게 그리움에 날개를 펼까요? 무엇이?

웃으며 옛길에.

새벽 그렇게 거기 있습니다
오늘 우울함에 안개비 되고
안개비는 O 되어 세상에 내립니다
내림은 하나 속 스며 스밉니다

이른 아침이 묻습니다
개에게는 왜 마음이 없다 했냐고?!
세상 모든 것 마음 있는데
왜? 개에게는 마음이 없다 했냐고?
개에게 마음이 없다고 하신 말씀이
꼬리를 물고 따라붙어 자꾸자꾸 생각……
왜? 왜? 왜? 왜 개에겐 마음이 없는지?……
왜? 없다 했는지?!
왜???……

이른 아침은 거기 그렇게 있습니다!?
거기서 이렇게 묻습니다
왜?

잘 살펴서 갑시다.
없음엔 미소 ❟

이른 새벽에
먼 산
바라보니 자욱한 안개
먼 산
봉우리 한입에 마셔
흔적조차 없는데
뉘라서
알손가, 안개 걷힘에
이러히 텅 빈 먼 산을!⋯⋯

꾀꼬리
유유히 안개 속 넘나들며
먼 산
이야기 들려주는 소식
먼 산
거기서 들려오는 소식
안개 걷히면
텅 빈 뜰 푸르다 하네!⋯⋯

⬤ 잘 살펴서 순간을⋯⋯
미소에는 사랑이.

모르기에
어둠의 지옥에서 살다가 왔습니다
세상 다 깜깜한 줄 알았습니다

어쩌다
햇빛 비치는 세상에
태어나 살게 되었습니다
그도 만만치 않았습니다

좌우 상하 중앙 꽉 찬 그들과
견제 시기 질투에
하루도 편한 날이 없었습니다

그래도 사람이라 다행이었습니다
어느 날 삶에 무게 느낄 때
죽음의 블랙홀이 손짓하여 부릅니다

아차!
태어났으니 꼭 죽는 생사
만들어진 내 껍질 벗고

낡은 내 가죽에서 벗어나
꿈속에 나 깨우는 날
환 환 환이여!……

값짐은 아름다움이고
멋짐은 평화롭습니다
삶 무게
찰나에 날아갔습니다
창창한
하늘 마음으로!……

O 잘 살펴서 거짓 없이……
미소로 빛나게.

아상
아득합니다,
나라는 상 벗어 버리기가

인상
까마득합니다,
남이라는 분별 없애기가

중생상
암울합니다,
부족하다는 생각 지우기가

수자상
가득합니다,
오래 살려고 버둥거림이

아상
가득합니다,
나만이라는 욕심의 상

인상
암울합니다,
남이야 어떻게 되든지
내 욕심 채우려 함이

중생상
까마득합니다,
어리석어 헤매며 분별함이

수자상
아득합니다,
나만은 어떻게든 오래 살려고 남에게 피해줌이

🪷 아상 : 내가 아닌 우리로
🪷 인상 : 남이 아닌 함께로
🪷 중생상 : 모자람을 완성으로
🪷 수자상 : 한없이 함께로

⭕ 잘 살핍시다.
미소로.

찰나 찰나를
쉼 없이 돌고 돌았네
순간순간을
멈춤 없이 돌고 돌아왔네
쉼이란!⋯⋯
　　　　한없는 길!
멈춤이란!⋯⋯
　　　　끝없는 길!
이어진 찰나 속에 쉼은
끝없는 순간 속에 멈춤은
와!
'환'
한 소리 그 길

❍ 나라고 하는 것? 이렇게 움직이게 하는 것? 꼼꼼히 찾아서 바로 봅시다.
미소로 쉼에 ●

참 어쩌죠!
처음 본 님의 얼굴이 인상 푹 씁니다
이럴 땐…… 어쩌죠?!

참 어쩌죠!
처음 본 님이 활짝 웃습니다
이럴 땐…… 어쩌죠?!

참 어쩌죠!
처음 본 님 인상 찌푸림 뒤 그럼에 웃으며 갑니다
이럴 땐…… 어쩌죠?!

참 어쩌죠!
처음 본 님 활짝 웃음 뒤 실쭉샐쭉 삐쳐 갑니다
이럴 땐…… 어쩌죠?!

○ 그렇습니다. 가는 길이!…… 탕! 탕! 탕!……
미소로 어설픔도…… 。

야반삼경
한송뜰 바위 위에 앉아
고요함에 호수 바라봅니다
모두가 잠든 이 밤에
새벽은 태어납니다
수면 위 아물아물
하얀 옷 곱게 입고서!……

솔솔히 엄마 떠나
길섶에 잠시 날개 쉬곤
잠든 푸른 들, 푸른 산을 향합니다
푸른 들, 푸른 산 잠잘 때는
까맣게 이불 두르고
힘든 노고 까맣게 잊으려 합니다
그 까맘 하얗게 잊으려 합니다

하얀 아가들
태어나 어른 되어 가면
까만 밤 보드란 실안개비로
촉촉이 가슴속 어룹니다

촉촉이 영롱함을 만들며 갑니다

몽실 몽실 둥실 떠갑니다
하늘 바다 가릅니다
나는 새는 돛이 되고
푸른 산은 조각배 되어
하얀 아기는 한낮 밝은 햇살 됩니다
널따란 엄마 품에
널따란 엄마 품에 듭니다

O 잘 살핍니다, '꼼지락 거리게 하는 주체'
웃으며 삼경을.

우리는 밥 먹여 늙혀 갑니다
밥 먹여 죽음으로 갑니다
죽음으로 가는 길에
이권다툼으로
몸과 마음은 갈기갈기 찢깁니다
죽음으로 가는 마당에
뭣이 그리 소중할까요?
언젠가는 죽는 우립니다
죽으면 어찌 될까요
죽으면 묘지로,
죽으면 한 줌 재로
다시 태어납니다
몸이 죽으면 흙과 하나가 되는
자연으로 돌아갑니다
그렇다면 평생 이리저리
몸을 끌고 다녔던
그놈은 어디로 갑니까?
그 마음은 어디로 갑니까?
그 님도 육신 따라
흙에 묻혀 있을까요?

알 수 없는 일이네요
정말 알쏭달쏭합니다
어디로 갔는지?!
하늘이란 텅 비었다 하는데
높고 낮음이 없는데
빈 공간이 하늘인데
그 높은 하늘 나라
허공에 궁전인데?!
어디로 갔을까요?

내게로 돌아옵시다. 참, 참? 참.
미소로 흐름에.

어제는 모자라서 그랬습니다

애는 예쁘고

쟤는 밉고

애는 더 예쁘고

쟤는 더 얄밉고

어제는 몰라서 그랬습니다

오늘 살짝 엿봅니다

모자람의 자락을

그렇다고

오늘 꽉 찬 것은 아닙니다

내일에는 꽉 찰 수 있을까요?

모릅니다

정말 모르겠습니다

돌! 돌! 돌!?

○ 잘 살핍니다, 자락 자락을. '아는 이것이' 뭔지로?

미소로 모자람도 ●

안녕하세요
한송뜰 작은 연못에
오늘 피었습니다
나 연꽃입니다
나 비록 연꽃이지만
한송뜰 일원이랍니다
내 고움 보시고
님들도 고운 하루 되세요

O 보아서 그렇다고 아는 것이 나랍니다. 그 아는 '나' 뭘까요?
아는 이것이 뭘까요? 잘 살펴서 갑시다.
연꽃 미소로.

어제 이 시간에
(　　) 한송뜰에 왔습니다
이룸의 염원을 안고서
오늘 이 시간
(　　) 염원을 만나러
한송뜰에 갑니다
흐르는 마음 훔치며 갑니다
울지 마세요
어여삐 필 겁니다
실컷 우세요
창연히 필 겁니다

우리 웃어 봐요
피어 향기 퍼질 테니까요
퍼져서 퍼져서
향기로운 한송뜰 될 테니까요
○○○ 웃어 봐요
웃음으로 그 힘듦 이겨요
이겨내서
우리 함께 손잡고 가요

어딘지 모를 낙원
어딘지 모를 행복의 집
지금 여기입니다
낙원의 집은
쭉 한길!?……

◯ 생각이 일면 일어난 그곳, 되짚어 생각해 보세요.
그 생각 실체 뭔지를?…… 도대체 생각은 뭔지 곰곰이?
미소로 생각 원천에 ●

밤이라 잠을 잤습니다
잠결에 들립니다
비 오는 소리가

창문에 비쳐 온 밝음에
잠이 깹니다
잠결에 들려 온 빗소리
잠이 깬 지금도 들립니다

분명
어제 아침도 비가 왔는데
여전히
오늘 아침도 비가 오네요
어제 낮에도
어제 밤에도
오늘 아침에도 비가 오네요

어제 내린 비는 전생비?
오늘 비는 현생비인가요?
어제 내린 비가 '참'비인가요?

오늘 내린 비가 '참'비인가요?

비는 여전히 내립니다
주룩주룩
장마가 끝날 때까지 물비

비는 여전히 내립니다
확연무성
장마가 없어진다 해도!……
흠! 흠! 흠!

○ 잘 살펴서 봅니다. 뒤바뀜 없이!…… 보아서 아는 '그 님이'( )?!
웃으며 가는 길에.

잿빛 하늘 비 머금어
금방이라도 토해 내려 합니다
옹달샘, 시냇물, 강, 바다 가리지 않고
한 숨 한 모금에 마셨는지
구름은 터질 듯합니다
아니 며칠째 토해 냅니다
그 토해 냄이
장맛비 되어 온 대지를 위협합니다
구름의 갈증이 욕심 되어
대지 물을 빨아들이더니
그 과함을 이제 쏟아 냅니다
휩씁니다, 토해 낸 빗물이
여기저기 할퀴고 갑니다
맑았던 물이
이내 흙탕물로 울부짖으며
시내, 강을 지나 바다로 향합니다
바다 그곳에 이르면
한맛 짜질 겁니다
그 짠맛 일미라 하고
그 일미는 심층에 내려가

맑은 물 심층수 됩니다
이렇듯
우리의 고달픈 인생사
관세음 노래로 가다 보면
맑은 물 되어
푸른 하늘 날 겁니다
여리지 그곳에 이를 겁니다
장맛비 지혜롭게 보내고
여리지
그곳에서 만나요, 우리!……

O 잘 살핍니다, 자신을……
장마도 미소로

땡 0시입니다
또 안개가 물 마시러 왔습니다
누가 마실까봐 이 새벽에 왔습니다
마시고는 이내 자리 뜹니다
몸 가볍게 날개 폅니다
요즘엔 재들 욕심이 태산을 넘습니다
너무 많이 먹어 하늘 날기가 어렵나 봅니다
이 잎 저 잎에 쉬다가
맺힘 맺힘 이슬 만듭니다
무거운 짐 내려놓고
가볍게 피어오르려 하지만
친구들 발목 잡습니다
더 마시자고. 더, 더……
무겁습니다
무거워 온 산 온 대지를 구릅니다
힘겨워 느린 날개 폅니다
날다 무거워 한 이슬
날다 무거워 두 이슬……
슬슬슬 내려놓다가
뚝 뚝뚝 떨굽니다

그러다, 그러다 겨워
주룩주룩 주룩 퍼붓습니다
퍼붓습니다
고단함에 새벽잠을
인정사정도 없이
마구 퍼붓습니다 마구……
찬란할 아침햇살도
한구름 되어 버렸습니다
나올 기미가 없습니다
한구름 뿌연 아침입니다
오늘은 뿌연 아침 한구름
내일 쨍한 햇살로 오겠죠
오늘 힘든 삶일지라도
내일 여리지일 겁니다

○ 잘 봅시다, 자신을!…… 잘 살펴서 후회 없도록……
고난도 미소로●

작은 법당 처마 끝

풍경네 집입니다

뎅 뎅 뎅

풍경 소리 울림에

깜짝 놀란 바람이

저만치 줄달음쳐 갑니다

놀란 바람에

짓궂은 풍경은

뎅 뎅 뎅

계속 울려 댑니다

저 멀리 저 산 너머로

바람 날려 보내려나 봅니다

훗

웃습니다

놀란 난 웃습니다

후후훗!

O 틈 없이 챙깁시다. 아는 이것이 뭔지로?…… 잘 살펴서 여리지까지!

미소로 소리에 ▪

비가 옵니다
장맛비가 오나 봅니다
반갑기도 하지만
두렵기도한 비랍니다
한 방울 비일지라도
많은 양의 비는 재앙입니다
퍼붓듯 오는 폭우
우리 힘으로는 어찌 못합니다
비 옴이 그렇듯
우리 인생도
그럴 수 있습니다
잘 단도리하여
장마도 피해 없이
인생길도 피해 없이 갑시다
언제 어느 때 몰려올지 모를
인생길에 폭우
지혜로움으로 헤쳐 갑시다
모두여 행복하소서

O 매 순간순간 잘 봅니다. 무엇이 이렇게 작용하는지?
미소로……

빗속
사이사이를 헤치며
한달음에 내게 온 님
맞이하려는
채비도 못했는데
한마음 가득히 메우네요
가슴속 깊이 스미네요
그 고움에 날갯짓이
그 고움에 소리가
이 아침을 열어 주네요
마음의 창으로 날아드네요
노란 꾀꼬리 화음은
참멋을 하늘하늘 그리며
노랗게 젖어드네요
맑은 빗물 되어
가슴에 뚝뚝 스미네요
초록 연둣빛
빗물에 젖는 이 아침
절절한 그리움 안고
'내' 님은

'내'게 오네요, '내'게!……

오늘 칠월 구일

한송뜰에
한달음에 날아든 님
연두빛 노래
꾀꼬리는 노란 노래로!……
뻐꾸기는
시샘에 노래 뻐~꾸욱
뻐어~ 꾹우꾹!……
'내 아침의 창 엽니다'

○ 들어서 그렇다고 '아는' 그 '아는' 것 뭘까요? 사유하여 참자기를 봅시다.
미소 천진난만。

옅게 핀 안개 따라 나선 길
한구름
한구름 내달립니다
갈매기 어서 오라 인사합니다
이른 아침 대해수산에 일좌가 있네요
일좌에게 물었습니다
남전은 왜?
고양이 목을 쳤는지?
조주는 왜?
짚신 머리에 이고 나갔는지?
물음에 길 너머
해송들 줄 늘여 듣고 있습니다
한 점 자귀나무
꽃피어 여름 서핑을 합니다
꽃잎
꽃잎은 이른 아침 물고
오색초롱 대롱대롱 서핑 중
내 일좌 가섭도 대해수산
머리에 이고 여름 서핑 중!
남전은 왜?

고양이 목 치고?

조주는 왜?

짚신 머리에 이고 나갔는지?

이른 아침 한송뜰

남전 조주 일좌 가섭

하나 둘 셋?!……

36353433!?……

이른 아침 나섬에 길

대해수산 후포 거기 있네

후포 바닷가에

대해수산에 일좌가 있네

후포 바닷가 길 걸음에

안개꽃 구름 구름

피어나 영롱 그리는 속!?……

고양이가 쥐구멍 주시하듯

일좌는 일좌를 쫓고 있다 하네!

○ 잘 살펴봅니다. 무엇이 이리 소소영영한지? 묻고, 묻고, 또 묻고……
길 감에 미소로 。

사람들은 날 큰( )님이라 부릅니다
그렇게 불리는 나는
크지도 작지도 않습니다
있지도 없지도 않습니다
보이지도 않습니다
보이기도 합니다
이름 또한 없습니다
얼굴도 없습니다
나이도 물론 없습니다
그런 '나'를 어찌 아시겠습니까
보지도 알지도 못 할 겁니다, 님들은……
'날' 알 수 없을 겁니다
그런 나를
험담해도 깎아내리려 해도
그 '나' 없기에
험담도, 깎임도 없습니다
말하는 님들이 훌륭할 뿐
'낸' 없기에 괜찮습니다
하늘이 저 큰 산을 머금어
찌그러졌어도 둥급니다

하늘이 온갖 것을
다 머금었어도 펼쳐 있습니다
없는 '난' 큰(   )님도
작은(   )님도 아닙니다
그냥 (   )입니다
그냥 '난' 그런 (   )랍니다
비난도, 존경도 나와는 무관합니다
비난함 존경함은
하는 사람 몫입니다

볼 수 없는 나이기에
나는 창연합니다
나는 끝없습니다
나는 (   )랍니다
탕! 탕! 탕!

〇 잘 보아 자신들의 '격' 떨어뜨리지 마세요. 저 하늘은 늘 푸릅니다.
늘 미소입니다.

어제는 푹푹 찌더니
오늘은 푹푹 삶네요
찌고 삶는 날씨처럼
속 속에는
타들어 갑니다
논도, 밭도, 들판도, 샘도
시내도, 강도, 산도
목마름에 겨워합니다

어제는 푹푹 찌더니
오늘은 푹푹 삶네요
찌고 삶는 날씨처럼
속 속
촉촉이 젖어 갑니다
논도, 밭도, 들판도, 샘도
시내도, 강도, 산도
새벽안개 촉촉이 젖습니다

그 촉촉함에
메말랐던 산천들이

바스스 일어섭니다
새벽안개 살짝함에
힘듦에
두 어깨에 촉촉이 앉습니다
목말라 하지 말라고
쩍쩍해 하지 말라고
갈라져 아파하지 말라고
다정히 내 품에 날아듭니다

O 잘 살펴 갑니다. 미끄러운 길 넘어지지 않게 소소영영 '아는' 마음으로
미소로 여름날 .

후포 바닷가에 왔습니다
여전히 아침 해를 머금고
토해 내려 합니다
아침 해를 머금은 바다는
구름에 가려 뿌옇습니다
뿌염 속에도 붉음을
뽑아내네요, 밝음은……

바다도 밤이 있었을 텐데
자고 일어났는지
번뇌로 쉼 없는 우리들처럼
밤새 일렁였는지
지금도 쉼 없이 일렁입니다
지난 밤도 그렇게
바다 물결은 밤새웠을 겁니다
눈가에는 다크서클이
얼굴은 일렁일렁입니다

어느 샌가 다크써클 벗고
반짝입니다

어느
보석이 저리 아름다울까요
일렁이는 물결 따라
반짝임에 보석 수놓습니다
후포 바다에는
무한 보석이 담겨있습니다
매일 저리 반짝입니다

퍼 오고 싶습니다
건져 오고 싶습니다
후포 바다 보물을!⋯⋯
퍼 올 수 없음이
못내 아쉽습니다
건질 수 없음에
그냥 가라 합니다
내 님이⋯⋯

◯ 잘 챙겨 갑니다. 머묾 없는 길을⋯⋯
미소로 일렁임을.

참 그렇습니다
어둠 가르며 연 아침
어제 핀 님
그리워 왔습니다
흐린 연못에 기대어
청아하게
연분홍 입술 그린 님
곱기도 하십니다
그 고움
못 잊어 또 왔습니다
밤새 그리워
고인 눈물 이슬, 이슬입니다
금방이라도
왈칵 쏟을 것 같습니다
그 여름날 밤
길고 긴 밤이었나 봅니다
그렁그렁
분홍 입술 떠나려 함에
가슴 저려 합니다
꽃잎 꽃잎

하얗게 하얗게 떨어집니다
떨어짐에
물 동그란 동그라미
그려 그린 그림
그리운 내 님께 부칩니다
불멸의 내 님에게로……

잘 살핍니다, 겨울 겨울 살얼음판을……
미소로 연잎에．

보입니다
길에 선 님이
저 멀리 보이네요
장삼 자락에
염화미소 날리며
하늘
청초름 웃고 웃네요
장삼 자락에
염화미소 걸려
하늘
푸하하 웃고 웃네요

보이네요
길섶에 선 님이
하늘하늘한 실개눈³ 끝
가사 한 자락
염화미소 날리며
진한
옛 미소로 웃고 웃네요
가사 한 자락

염화미소 걸려

하늘

허허롭게 푸하하하……

O 미소라 웃습니다. 웃기에 염화미소입니다. 살펴봅시다. '그리는 자'
미소 바라기 ●

3 가늘게 뜬 눈, 선정에 든 부처님의 눈 모양.

사립문에
연향이 걸려 있네요
문 밖을
나가야 하는지
고민 고민하기에
사립문 삐그덕 여니
눈엔 연꽃이 활짝!
코엔 연향이 듬뿍!
마음은 여리지 그곳!
살짝 눈 감아 봅니다
실낱에 바람 매어 달고
연 하늘 솔솔 납니다
날매
은은히 향기 꽃비 되어
다시 온 곳
환지본처 O 여!
맑은 물에
동그라미 그리는 연꽃비
동그랗게
동그랗게 퍼져서

이내 마음에 물결칩니다

낸 띄웁니다

환지본처 내 님 계신 곳

환지본처 내 님에게

환지본처 내내내 님께!……

O 잘 살펴서 갑니다. 환지본처에!……

연꽃비 미소로。

등정각(等正覺)
이루고자 길 나섰네
여기저기
저기저기
여기여기
저기여기
여기저기
여기저기
찾아서 헤맨 길……

등정각
길 나섬에 ○
거기저기
저기여기
거기거기
여기거기
거기여기
여기여기
눈 씻고 찾아도 없었네
없어서 없었네

있기에 없음일까?
'모르겠네, 모르겠어!'
참! 참! 참!

나 홀로 여기에 있음이네

⭕ 참으로 가는 길 심히 미끄럽습니다. 잘 살펴 갑시다.
미소로 거기에 ●

한줄기
청아하게 피었네요
한줄기
화사하게 피었네요
청아하게 화사한 연꽃
예 이어
지금을 머금어 피었네요
청아하게
화사하게 피었네요
청아함에
화사한 마음 보여 주네요
애써
잘 보이려 하지 않네요
못난이
잘난 이 온갖 것을
분별하여
맞이하지 않네요
인연에 의해
이 연지(蓮池)에 태어나
알아 주는 이 없어도

곱게 곱게 수줍은 듯
화사하게 도도히 피었네요
참 곱습니다
빗줄기에 꽃잎 떨어졌어도
그냥 그러려니 웃고 있네요
참 멋집니다
우린 참 멋집니다
한송뜰에
우린 참멋입니다

⭕ 잘 살펴 갑시다. 빗길에 미끄럼 없이…… 아는 '이것' 뭐꼬로……
올바름에 관세음보살로……
웃으며 가는 길.

오늘도 어김없이
태양은 해수면을
가르며 떠오르네요
아침 노을 앞세우고서
그 노을 속 붉은 한 점 솟아오릅니다
그 작음이 점점 둥긂으로 솟습니다
그 붉음은 힘찹니다
어제 해가 여름밤 푹 자다가 동트니
깨어나 해수면 가르며
쏜살같이 물위를 걸어옵니다
아침 바닷가
모래 위에 서 있는 내게
그렇게 다가옵니다
그 붉음을 안고서!……
그 붉음을 안고서!……
그렇게!……

○ 잘 맞이합니다. 오늘 그러함을 '아는 내',
잘 챙기시고요. 덥다고 잊지 마시고요……
미소로 이 아침을 ●

잠에서 깨어 나를 봅니다
잠 속에서 꿈꾼 일상사
흔적도 없이 사라졌네요
꿈속으로
돌아가려 애써 보니
돌아갈 수 없습니다
돌아갈 수 없음인데
우리는 꿈에 사로잡혀
꿈해몽하며 현실을
꿈속에 넣으려 애씁니다

현실을 꿈속에 넣지 못한다면
꿈은 꿈으로 잠과 함께 과거로 보내세요
현실도 돌아올 수 없는 과거로 흘러갑니다
꿈꾼 것 보내세요
과거의 강으로……
어둠(밤) 꿈이여 안녕!……
'잠에서 깨어 나를 바로 봅시다'

틈 없이 직시합니다. '지금 여기를' 아는 '이것' 참구합시다.
미소로 꿈 날리며 ●

예쁜 입으로 고운 말 하자
예쁜 입으로 욕하지 말자
그 예쁜 입으로 업 짓지 말자
예쁜 말 친절해 보인다
예쁜 말 다가가고 싶다
예쁜 말 격 달라진다
예쁜 말 아름답다
예쁜 말 사랑스럽게 보인다
힘겨운 인생사 예쁜 말로
예쁘게 진실하게 살자

거친 욕설은 불쾌하다
인격이 떨어진다
다가가고 싶지 않다
거친 말 들으면 귀가 아프다
거친 말 들으면
귀를 맑은 물에 깨끗이 씻자
욕 거친 말 들리면 귀 막자
욕이란 욕이다
좋은 것은 아니다

겸손해지고 겸양해지자

맛있는 음식 먹는 그 입을
깨끗이 다루자
거친 말과 더러운 욕으로
더럽히지 말자
깨끗이 맑고 고운 말로
늘 청소하자
더러운 입 만들지 말자
욕이란, 거친 말이란
자신을 욕되게 하는 것이다
후손을 위해, 자신의 인격을 위해
고운 말 고운 미소 짓자
거침이여, 욕이여 안녕!……

○ 잘 살펴서 갑시다. 행복함을 향해서!…… 아는 '이것' 참구하여서!
미소는 내게로●

미소란 참 아름답다
누구든 웃게 만든다
찡그릴 일 있어도 웃어 보자
웃는 척이라도 하다 보면 저절로 웃게 된다
기왕 사는 인생사 화내기보다는 웃으며 살자
화를 내면 건강을 해치며 참마음에 이르기 어렵다
미소로 즐겁게 살자

울 일이라도 싱긋 웃어 보자
웃을 일 생기게 된다
좋은 일 생기게 된다
미소는 모두를 편하게 한다
자애로운 미소로
모두에게 평화를 주자
자애로운 미소로
내 마음 평온에 이르자
미소로 아름다움 만들자

O 잘 살펴봅니다. 무엇이 이렇게 웃는지?
무엇이 이렇게 말하는지? 어디로 흘러가는지?
미소로 흐름에 ●

그러한 이가 묻습니다

나의 일상을 지켜보는 또 다른 내가 있습니다

모든 상황을 알며 전개되는 것까지 아는 님

그 님이 내 님을 지켜보고 있답니다

도대체 나는 몇이나 되나요?

실생활 나와 관망하고 있는 '나' 말고 또 다른 '나'가 있나요?

대답입니다

일상생활을 하고 있는 나

그 나를 바라보고 있는 '나'

관망하고 있는 '나'

관망하고 있다고 '아는 나'

그 '아는 나'는 뭘까요??

무엇이 그리 알까요?

뭣이 관망하고 있다고 알까요?

그 '아는 나' 꽉 잡아 오세요

그때 얘기합시다

돌!?

미소로 여름날에.

아픔 주지 마세요
청정법신
비로자나불(맘)

아파하지 마세요
원만보신
노사나불(몸)

눕지 마세요
천백억
화신불(행)

다르지만
늘 한결같게만 하세요

하나란 걸
늘 잊지만 마세요

○ 가고 가는 길, 알고 갑시다. 무엇이 이리 잘 아는지? 아는 '이것이' 뭘까요??
미소에는 미소로.

처마 끝에 걸터앉아 아침을 맞이합니다
후덥지근함이 여름이라 하고
산까치 덥다 덥다 하네요
무슨 소리 핀잔에는 꾀꼬리, 텃새, 지빠구리 지쳐 졸고
한 쌍의 뻐꾸기는 우리들 세상
담장에는 능소화 여민 미소로
바위 틈틈 홀로 핀 상사화는 님 그려 애달픈 이슬방울
졸졸 흐르는 물소리 맑은 하늘 날아 저 멀리
가을 자락 잡아서 푸릅니다
헐헐헐 이내 마음 맑음 따라 진흙 되어
물 담아 연못
못못에는 푸른 여름 함초롬
한줄기 쭉 곧게 세워 핌

활! 활! 활!
작! 작! 작!
님 그린 여름날!?……
할! 할! 할!

○ 살펴서 살펴서 갑니다. 여리지 여리지에……
미소로 더위도 ●

숨이 막힐 듯이
밀려온 더위가, 습기가
느닷없이 웁니다
뭐가 그리 맺혔는지
쏟아 내는 빗줄기
차디차게 흩뿌립니다
더위로 퉁퉁
부은 살갗에 떨어지니
화들짝 놀라 의지간으로
뛰어들어 비를 피합니다
굵은 빗줄기가 요란스레
한송뜰 훑고 지나가네요

깜짝 놀란 더위가
금세 거센 줄기줄기
차갑게 소나기 되어
목마름에 시들한 '내'들
모금모금에
반들반들 싱그러운 들, 바다
한여름 더위 몰고 비 사냥

후포 바닷가엔 점점이
바글바글 꽃피워 맺는
한여름 후포 바닷가 모래꽃
팔월 말까지입니다
후포 바닷가
모래 위 활짝함 한창입니다
아름다운 꽃
한 송이 송이들
후포 바닷가
모래 위에 피어난 휴휴가!……

❍ 잘 살핍니다. 알알이 틈 없음을…… 모래꽃 '내'를……
미소 모래 위에 ●

나,
늙어 가나 봅니다
어제보다
오늘이 더 불편합니다
몸이
더 무거워졌습니다
아픔은 아니지만
민첩함이 느려졌습니다
내가
우리와 함께 감을
조금씩
조급함으로 느낍니다
언제
만날 우리일지 모르기에
내겐
우리가 소중합니다
그럼에
난 우리를 사랑합니다
퍼내도
마르지 않는 샘처럼

난
우리를 사랑합니다
사랑
합니다, 우리기에!……
미움과 사랑
여울진 우리기에!……
너와 나
여읜 우리기에!……
사랑합니다

잘 챙깁시다. 이렇게 소소영영 '아는' 나를……
미소로 체인지 ●

한송뜰 거닐며
저 하늘을 봅니다
파랗다 못해 맑디맑아
한 바가지 퍼마셔 봅니다
한 모금에 맑은 하늘
어, 어디로 갔을까?
파란 하늘 흰 구름
구름 구름에 하얀 하늘
흐름에 흘러 스민
하얀 하늘 파란 구름
한 모금에 맑은 하늘 별……

저 하늘 잠시도 쉼 없이
1초 1초 여리지로?!……
저 하늘 쉼 없이
순간순간 망상으로!?……
잠시도 쉼 없는 하늘
한송뜰 하늘, 하늘 참!!?

이 내 마음 잠시도 쉼 없이

1초 1초 여리지에!?……
이 내 마음 잠시도 쉼 없이
순간순간 온갖 망상!?……
잠시도 쉼 없는 한송 하늘
한송뜰 하늘하늘 참마음!?
그러한 한송뜰 하늘
하늘하늘 그림 그림들!?……
참!? 참!? 참?!
파랗고 파랗습니다

⭘ 잘 챙겨 갑시다. 더위에 지치는 바 없이…… 늘 한 그 '님'을
미소로 한송뜰에 ●

홀로 우뚝한
여긴
하늘 세상 한송뜰
여긴
즐거운 세상 한송뜰
여긴
아름다운 세상 한송뜰
여긴
우리들 세상 한송뜰
뜨락
뜨락에 곧게 핀 꽃들
색색들
어우러져 아름답고
아름아름
어우러진 한송뜰
내니 네니
한울림 한송뜰
너니 나니
한통속 우리들
한송뜰

자애로운 우리들 메아리

한가득 번져 앉는

한송뜰 한 우리엔

울타리

없음이 있다네

○ 잘 살핍니다. '어둠, 어둠, 밝음, 밝음'을
미소엔 한송뜰 。

피곤하다,
하기에 재워 줬습니다
열대야 긴 밤
피곤이 더 쌓였습니다
찌뿌둥
푸석푸석한 얼굴로 안녕!
앞산도
뜰 앞도 긴 밤 잠 설쳤는지
흐릿흐릿
뿌염 덮고 뒹굴뒹굴 뒹굴
일어나라,
잔소리 뻐꾹뻐꾹 뻐뻐꾹
내버려 두세요,
꾀꼬리 꾀꼬로로 꾀꼴
연 이 아침!

해님
붉음을 뿜으며 내게로
흠음음,
흠뻑 마셔 심연 저 깊음에

열대야로

설친 밤 저 먼 나라 미래에

흔적조차

싸안고 저 먼 나라 미래에

기쁨 안고

가버린 저 먼 나라 미래에는

업보따리

작대기 꿰어 저 먼 과거가

가고 옴이여!

열대야

쓸고 간 이 아침 옛 이야기!?

돌! 돌! 돌!

잘 살핍니다. 순간, 순간을…… 아는 '그놈' 확 잡고서
미소로 예에 ●

예초 중입니다, 풋말
아!
그렇네요!
풀들이 어느새 쑥 자라
지들 세상 만들려 하네요
어디로 가야 할지 몰라
도로에 뛰어들어 난장판 만드네요
그냥
지들 있을 곳에 얌전히 있지
왜
만들어 놓은 길에 뛰어 들어서……

번뇌는 깎아도 깎아도 퍼 일어나듯
저 풀들도 깎아도 깎아도 또 자라겠죠!
저들이 꽃피고 여물고 하면서……
우리들 잡생각도 꽃피고 여물어
다음에 또 그런 잡스러움으로 탄생!
우리들 오늘 고요 고요에 들면
다음에는 고요하고 고요해 고요함이
늘

잡도리하여 뽑고 뽑으세요
길 위에 번뇌망상 뛰어들지 못하게
고요함
풀들이 노래할 수 있도록
우리
그렇게 잡도리해 봐요
아는 '이것'이 뭔지로?!
아는 '이것'이 뭘까로?!
고요함
여리지 이르도록!……

살피고 살핍니다. 망상 일지 않도록……
미소에는 고요가.

어느덧
팔월 초하루
더움이
한낮인 팔월 초하루
이 더위도
팔월에 이끌려
구월로 따라 가겠죠
서늘히!⋯⋯

이 더위는
우리 땀 짜내지만
한송뜰 들엔
나락
나락나락 익어 갑니다
더워서
우리는 더워 익어 갑니다
뜨겁디뜨거움에 담금질
우리들
그렇게 익어 갑니다
알알이

톡톡 그렇게 그렇게!⋯⋯

팔월 초하루
익어 가는
가을이 왔습니다
어설픈
우리는 익어 익어
가을로 가을로 갑니다
팔월
초하루 아침 따라!⋯⋯

잘 보고 갑시다. 발밑을⋯⋯ 걸려 넘어짐 없이⋯⋯ '이 뭣고' 지팡이로
미소로 팔월을.

활짝 폈습니다
후포 바닷가 모래 위에
활짝한 님 사람사람이
어제만 해도
몇 송이 봉긋봉긋하더니
오늘은 줄줄이 피었네요
각양각색 뽐냄 최곱니다
어찌 저리 예쁠까요
모래 꽃들이 노래합니다

별이…… 해변…… 가요…… 🎤

밤새 비가 내려서인지
꽃들이 집을 지었네요
송이송이
울긋불긋 텐트, 텐트
줄 늘어 개미처럼
모양 모양 바다 되었네요

노람이

빨감이 하얌이 보라가
바다에 풍덩풍덩 풍덩
초록 바다 만드네요
연두비
초록초록 초록 바다
우리들 바다 무지개
오색 초록 구명옷 입고
무지개는
바다 푸름 넘어오네요
꽃잎 저어 저 쪽까지
꽃잎 저어 예까지
하늘하게 휴, 휴 -
푸른 바다 꽃잎에 날리며

잘 보고 갑니다. 깊음에 풍덩 빠지지 않게…… 그렇다고 '아는' 이 뭐꼬로
미소로 참휴가를 。

어두운 밤
밤이 어둡기에
토굴 불빛은
개똥불
간혹
한번 환환환

어둠은
어두워야 제 맛
어둡기에
저 멀리 어둠을 본다

작은방 불 켜면
어둠은 줄행랑
육육
삼십육 줄행랑
어둠 밖에서
밝음 껴안고서 까맣게

어둠 동트면

해님 등 뒤에서 쿨쿨!
어둠
햇살 등 뒤에서
어둠 어둠입니다

밝음에는 어둠이
어둠에는 밝음이
구름
여윈 그 자리에는
어둠 까맣고
밝음 훤하답니다
하늘
티 없어 맑기에!……

벗이여 잘 살핍니다. 이렇고 이러함을!……
미소로 그 자리 .

2560. 08. 04. 목요일

저녁 정진
차담으로 마무리
옛 님의
염화시중? 마시고
또 옛 님의
끽다거(喫茶去)? 또 마시며
그 옛 님의
평상심이 도(平常心是道)? 마시며
옛 님의
마른 똥막대기? 한 잔
옛 님의
일면불 월면불(日面不 月面不)? 한 잔
옛 님의
뜰 앞 잣나무? 한 잔에
한 입 한 입은 밤 0시
차 한 잔 한 잔이 0시
0시도 한 입에
잘 마셨습니다
개운합니다
모자람도 한 입!……

선(禪)도

공(空)도

도(道)도

묵묵히 한 모금에!……

잘 챙겨 갑니다. 아는 '이것' 이 뭣고?로
미소엔 옛 님이 ●

처음 온 길
가시넝쿨 뚫고서
처음 가는 길
이리저리 헤매며
오늘 가려 하니
어제 걷던 그 길에는
고난이 저만치 앞장서네요

힘듦에 기웃기웃 기웃거립니다

어딜까? 옛 님들 걷던 그 길은
어딘가 꼭 있을 것만 같아서
두리번두리번 가시밭길 싫어서

어!
저기 숨어 있네요, 옛길이
풀숲에 숨어서 우릴 기다리네요
어서어서 오라 하네요, 고난 잊고서

한마디 말없이 그렇게 기다렸네요

말없이 옛 님 가시던 길이 그렇게
어제는 처음이라 미혹해서 헤맸고
이제는 쉽고 편한 길에 한 발 한 발

옛길 이렇게 오롯한데
이렇게 삼천 년 이어져
이렇듯 오롯한데
무명에 덮여
어둠 속 걷고 걷다가
환한 길 미소로 가는 길
환한 웃음에는 여리지가!……

또 살핍니다. 옳은 길인지…… 그렇다고 아는 '마음'을!
미소로 어둠을 ●

먼동 섬섬옥수로
동녘 하늘 휘어잡은
맑음 맑음
길게 늘인 밤 자락
섬섬옥수 끝
스침만 남기네요

긴 밤 짧은 여운 따라
여명 내 길 나섭니다
애마와 함께 동녘에
희망 걸어 놓으려고
동트기 전 몰래몰래……

훗! 늦었네요
먼동이 먼저
꾸러기 날 기다린 듯이
'메롱'하며 웃는 듯이
네! 안녕

후포 동해 바닷가

끼고 끼고 돌아갑니다
바닷가 이어진 해변 길

갈매기 날갯짓에
햇살 동녘을 뚫고서
매일 매일이 새해 첫날처럼 첫날
매일 첫날이랍니다
매일
매일이 첫날, 첫날!

네!
그렇기에 반갑습니다
새롭게 맞이한 님이여
당신의 붉음에
수줍어지는 내 해맑음
이 아침이여! 안녕히
내일이여! 첫날로!

잘 살펴봅니다. 헛것에 속지 않도록 신령스런 '자신'을.⋯⋯
웃으며 내일로 ◦

여름 그늘에는
후덥지근함이 찾아와
친구하자 하네요

여름 그늘에는
불볕이 찾아와
친구하자 하네요

여름 그늘에는
삼복이 찾아와
익혀 익혀 가자 하네요

여름 그늘
빗겨 간 저만치엔
자비로운 빛 빛나네요

여름 그늘
빗겨 간 그 자리
하늘가엔 자금광(紫金光)이!

여름 그늘

빗겨 가는 그 자리에는

여물 여물

여섯 문에는 자금광이!……

살펴 살펴봅니다. 여섯 문에는 자금광 소소영영 '내 님'
미소에는 자금광。

저녁나절 빗줄기
좌선 바위를
촉촉이 적십니다
바라본 님
빗방울에
촉촉한 눈망울로
봅니다, 빗속
좌선 바위 촉촉함을!……

빗줄기
좌선 바위
뚫을 것만 같아서
○?
○○?
바라본
좌선 바위는 요지부동!……

우산은 얇은 장삼
우산은 얇은 살갗
우산은 틈! 틈! 틈!

빗줄기에
좌선대 촉촉한 날에
엉덩이 젖을까
그냥 바라만 봅니다

바위 홀로 앉아
젖은 삼매
흘러 흐르는 소리
'무성?!'인가
'확연!?'이려나
'확연무성!'일까?!
'돌!'
바위 빗물 고여 얼쑤!

잘 챙깁시다. 어지러운 내 마음을…… 아는 '이것'으로
미소로 빗속을.

여름
무르익은
오늘 음력 7월 7일
절기인 칠월칠석

초록 초록
저 산 넘어오네요
내게
연두비!?

오색빛
무지개 다리 건너오네요
내게
연두비!?

흘러 스민
저 깊은 바다 넘어오네요
내게
연두비!?

은하수별
오작교 너머 초롱초롱
내게
견우비!?

참매미
갈 길 멀지 않으매
맴맴맴 맴돌다
맴돌다 하늘 날고

맴맴맴
하늘 파람이 예까지
맴맴맴 여무는 이 여름
멀리 저 하늘까지?!

잘 살펴서 갑니다. 이러히 '아는' 나 찾아서……
미소 여물음에 ●

얼마만큼 다가가야
알 수 있을까요?
얼마만큼 보여 줘야
알 수 있을까요?
얼마만큼?······

주고 또 주고
다 주어서
텅 비어 서늘한데
찬바람에 스칠 옷깃조차 없는데
얼마만큼 가야 알까요?
얼마만큼 보듬어야 알까요?
절절한 이 앎의 정취를?

얼마나 가야 만날까요?
맑다, 밝다 여읜 이 앎의 정취를?!

잘 챙겨 갑시다. 영원불멸에 '나'를
미소 정취에 ●

한송뜰에 가득합니다
송이송이 주저리주저리
칡꽃이 만발했네요

한송뜰에 가득합니다
솔솔 날아날아
칡꽃 향기 만향이네요

한송뜰에 가득합니다
무릇 무릇 옹기종기
칡꽃같이 우리들 만발

한송뜰에 가득합니다
하늘하늘 그윽 그윽이
칡꽃 향 같은 우린 만향

잘 보고 갑시다. 막힘없는 '이 뭣고'로
칡꽃 미소로

흘러간 세월
수많은 사연 안고 갔습니다
졸졸졸
소리 내어 흐르며 갔습니다
유유히
의젓한 모습? 갔습니다
가다 가다
이리저리 채여 푸름 되고
푸름에
푸러 검푸름인 채
철석이며
이러히 흘러왔다 하네요
밀리고 밀려
그렇게 왔다 간다 하네요
짜디짜게
절여진 검푸른 마음
저무는 이 여름
오온 찌꺼기 펄펄
저무는 바람결
가을 손짓해 부르고

오온 찌꺼기
피가 되고 살이 되어
어둠 너머 무지갯빛
한보따리 꿈 안고 간다 하네요
내일
풀어헤치는 보따리엔
참!
그렇고 그렇습니다, 그려!!

잘 챙겨 갑시다. 실상인 '참이치'를
미소로 내일 맞으며.

푸른 물결이 넘실거리는
바닷가 모래 위에 서 있습니다
모래 알알이 모여서
백사장 만들었습니다
보아하니 방수 되어 있지 않습니다
그렇다고 백자, 청자처럼
물레질로 빚어서
만들지도 않았습니다
온도 맞추어 굽지도 않았습니다
보이는 건 물결에 씻기는 모래알
성큰 바위들뿐입니다

헌데
새지도 않습니다
넘치지도 않습니다
줄지도 않습니다
늘지도 않습니다
없어지지 않습니다
생겨나지 않습니다
더럽다 피하지도 않습니다

깨끗하다 마시라 하지도 않습니다

바다는 관세음인가??!
바다에는 해조음(海潮音)[4]이 있답니다!
바다에는……

○ 잘 살핍니다. 내 안에 '나'를, 바다 닮은 '나'를!……
미소로 해조음에 ●

---

4 밀물이나 썰물이 흐르는 소리, 고통 받는 중생을 위하여 크고 우렁차게 한결같이
   설법하는 부처나 관세음보살의 소리를 비유적으로 이르는 말. [표준국어대사전]에서

세상 똘뱅이로 온 줄 알았습니다
한낱 똘뱅이지만
똘뱅이는 똘똘한 관세음보살 만나
똘똘한 똘뱅이 관세음보살 되어 갑니다

관세음(觀世音)이란
참자기를 말합니다
참인 '나'를 말합니다

옳고 바르게
세상을 보는 님(관세)
옳고 바르게
세상을 듣는 님(세음)
그런 관세음 되어
옳고 바르게 보고 듣고
바른 님, 바른 '나' 되어서
세상 바르게 보살피는 님
그와 같이 보살피는 님
이름하여 관세음보살
그런 관세음보살로!……

아상으로

보는 내가 아닌

'참마음'으로 보는 나(관)

아상으로

듣는 내가 아닌

'참마음'으로 듣는 나(음)

그 이름 관세음보살

그 이름 관세음보살

이름하여 관세음보살

O 잘 살펴서 갑니다. 관세음보살의 경지에……

관세음 미소로.

삼복 더위 폭폭 폭염이
아침만 해도 살갗 파고들고
한낮 햇볕 살을 익힙니다
오존에 익어 가는 땀방울
통닭구이에서 떨어지는 기름 같습니다

병신년 여름 가기 싫어
마지막 열기 다 토하는 이 여름 복지경엔
바닷가엔 물개들이
개울가엔 가재들이
강원도엔 옥수수
온 산엔 칡꽃이 한창입니다

칡꽃 시샘하는 누리장 향기[5]
온 산천 퍼짐이 한창인 때
할미밀망꽃도 소금꽃처럼
하얗게 송송이 어우러져
달빛에 반짝반짝 뜰 별로
한여름 수놓는 이 밤입니다

누리에는 은하수 별들
할미장꽃, 누리장꽃
온갖 꽃들이 한낮 더위 마시며 흐릅니다
달맞이 노랗게 꽃피워
밤하늘 별이 은하수로 흘러 흘러 닿는 곳에
누리 꽃들이 피어 날아 은하수 별 되는 날에……

예 이은 날에 감사 올립니다

O 살펴서 갑니다. 내일인 오늘을!……
미소를 어제에 ●

---

5   누리장나무의 향기, 나무에서 누린내가 난다고 하여 누리장나무라 한다.

오늘은 말복이고
내일은 백중절입니다
내 마음의 집인 몸을 지어 준
부모님 선조님 그 님들 없인
우린 이 세상 뜰을
밟을 수 없었답니다
먼저 이 세상 오셔서
우리들을 낳으시고 길러
지금에 있도록 노심초사
보호하여 길러 주셨답니다
우리를 이 세상에
올 수 있도록 길이 되어 준
선망부모님과 옛 님들께
감사의 잔칫상으로
우리의 예를 갖추는 날
백중절(우란분절)입니다

잘났거나 못났거나
선조님들이 안 계셨다면
우린 오늘

이 자리에 없을 겁니다
오늘 하루만이라도
옛 님께 감사의 마음 보냅시다

선망부모님 감사합니다
예쁜 집 지어 주셔서……
오롯한
여리지로 보답하겠습니다
다음에 또 만나요, 우리
비록 모습은 틀릴지라도!……

O 잘 살펴보고 갑시다. 니르바나 그 길을 향해……
미소로 백중절 감사.

오늘은 하안거 해제날입니다
묶여서 참나를 찾았던 여정을
이젠 홀홀 털고 만행의 길로 접어드는 날
무더운 긴 여름과 사투
이 몸을 움직이게 하는 '무엇'을 찾던 날들
다시 새롭게 움직이며 이곳저곳을 방랑하는
석 달이란 여정의 시작!

그 움직거리는 몸을 만들어 주신
선망부모님을 기리는 오늘은 우란분절(백중)날
철옹성 지옥문 열리는 날
이런 날에 눈이 어두워 지옥을 나오지 못하는
님이 계시지 않도록
우리가 낱낱이 밝음을 비춰 주는 날
푸짐한 잔치로 어리석음을 씻겨 드리는 의식의 날
여리지를 향해 고군분투하시던
수행자님들의 힘을 빌려 열어젖힌 지옥문으로

어서어서 나오소서
어서어서 밝은 빛 되소서

우리 함께 어둠 벗어나 극락왕생하십시다
다겁생래 선망부모님이시여
오롯이 수행하여 옳게 보는 님 바르게 듣는 님
자기 관세음보살 찾읍시다

남이 아닌 자기 관세음 찾아
관세음보살 되시는 날
오늘은 우란분절, 즐겁고 즐거운 날
고통에서, 긴 어둠에서 해방되는 날
자유인이 되어 자유스러운 날
한송뜰 우리가 만듭시다

우리의 정진 몸 수고로움이
지옥 부모 · 선조님 탈옥한 날
우리가 그런 장 만든 날
우리 미래 지옥 허무는 날
유주무주가 한 송이 되는 날
나인 네가 너인 내가 너와 나 우리가 O 하나 되는 날
너와 내가 하나 되는 날
개개인이 아닌 우리 되는 날

아상에서 벗어나는 날

나만이라는, 내 자식만이라는
체면 잘난 체의 굴레에서 벗어나
한 핏줄 한 몸인 줄 아는 그런 우리 되는 날
나라는 날 세워 다투던 못남에서, 어리석음에서
벗어나 부처 되는 날
나라는 날선 칼로
내 아상, 나 잘난 체 위선 날려 버린 날
오늘 우란분절에 지옥, 안녕……
오늘은
염화미소 되는 날
염화미소 되는 날
염화미소 되는 날

여러분 감사합니다
함께 지옥문 열어 주셔서

O 잘 살핀 우란분절!……
우란분절 호탕하게 ●

어제는 진리의 비가,
오늘은 햇살이 내립니다
그냥 빛납니다, 그 빛은
예쁜 삼순이 더 예뻐서
청순인 덜 예뻐서
자순인 조금 덜 예뻐서
정순인 그냥 예뻐서
혜순인 그냥 그래서
선순인 그저 그래서
홀순인 미워서
빛을 더 주고 덜 주고 할까요

그렇지 않습니다
해란 자기 역할할 뿐
누굴 더 주고 덜 주고
예뻐하고 미워하고 그러지 않습니다

고루 내리는 빛을
자기 스스로 차단합니다
아주 작은 새싹만큼

그보다 좀 더 크면 큰 만큼
작은 나무는 작은 나무만큼
큰 나무라면 큰 만큼
깊고 긴 동굴이라면 그만큼
빛을 차단합니다

차단 작용 없으면
내 그릇만큼 빛 받습니다
우리의 마음 상태 따라
보는 관점 달라집니다
내 사견 요만큼
내 편견이 이만큼
내 아집이 저만큼
우리 스스로가 만들어
그렇게 받는 겁니다

여유로운 마음 울타리
좀 더 넓은 마음 울타리
넓혀 넓혀서 그 넓음이
사라져 없어질 때까지

아니면 단박에 확 걷어 내고
그것도 아니면
경계 없음을 속히 알면
알아 버리면 알고 나면
너와 나 경계 없어 '쨍'
환!
환! 환!

〇 잘 살펴 갑시다. 어두운 마음 밝음으로……
해맑은 미소로.

천둥번개, 폭죽 같은 여름날 오후
참아 보려 해도 참을 수 없는지
급기야 쏟아져 내립니다
굵은 빗방울 소낙비로
우박인줄 알았습니다
차창이 꼭 깨질 것 같이 쏟아붓는 소낙비는 쏘낙비
우릉쿵쾅 자연 폭죽
여름날 소나기는 요란 떨다
잠깐 새 가버렸습니다
뒤 하늘 예쁜 주단 깔아 놓고
미안한 듯 가 버립니다

무지개 고운 님 곱디고와 만질 수 없습니다
때 묻을까 만질 수 없습니다
무지개 고운 님 함께 영원히 살 수 없어
빗줄기 따라갑니다
뒤따라 무지개 오매 빗속 달음질쳐 봅니다
한참 뒤, 힐끔 뒤돌아봅니다
어! 안 보이네요
오온의 뭉침 무지개

꼭꼭 숨었나 봅니다
고운 님 무지개 어디로……

고운 빛 하나 둘 셋……, 일곱 모여
무지개 된 무지개!
빗살 넘어 무지개
다리 만들며 오더니 어디로 갔네요, 흔적 없이……
오온 덩어리 무지개
스쳐간 자리에는 파란 하늘만이……
흔적 없는 걸 보니
무지개 '허공 꽃'인가 봐요

'허공 꽃', 무지개는 니르바나 갔을까?
무지개, 얼굴 없는 이 되어 열반락?
무지개, 얼굴 없어 환지본처했나?
무지개는!?
휙!? 휙!? 휙?!

잘 살핍니다. 허공 꽃에 속지 않게
미소로 뒤바꿈 없음.

허공에 불꽃 휘황찬란합니다
어디서 왔는지
찬란히 오색으로
순간에 피어났다
삽시간에 죽는 불꽃들!

펑 펑 소리에
꼬리 달고 날아올라
오온 뭉침 불꽃
우리 눈 현혹합니다
형형색색 번쩍번쩍
도깨비불로 홀리며
어둠 속으로 우리 마음 몰고 갑니다
흔적 없이 사라져 가는 폭죽 불꽃에
불나방 된 우리는
불꽃에 작렬합니다, 뚝!

바로 봅시다, 영원한 님을!
한낮 불꽃이 아닌 불멸 꽃
그 영원한 불멸 꽃인 '나'에게

오만불손, 경거망동
오온 쓰레기 먹이지 말고
맑고 청정한 바름을 먹여
시들지 않게
더럽지 않게
오염됨 없는 내 됩시다
돌!
또 이랬네요!

⭘ 잘 살펴 갑시다. 본 마음에 바람 둚 없이
미소로 미혹을······ ●

한 여름 초가집 마당
주인 게을러 풀이 마당
풀 뽑기 귀찮아 생명 있다 하네

한여름 초가집 마당
부지런한 주인 마당답게
한 풀 한 풀 뽑은 덕에
도량청정 무하(無瑕)[6]에……

네가 있고 내가 있어 선우 도량
이 어찌 즐겁지 않으리
잡초라 이른 풀 뽑히니
시방법계 두루함이어라

지은 밥은 맛있게 먹고
먹어 내놓은 똥은
사람이 다시 먹지 않는 이치
더러움에 물들지 않는 연꽃처럼
사리분별 명확하여
마당 풀 뽑아 도량청정

제 앞가림에 닐리리
목동의 피리 소리
마당가 걸터앉아 닐리리!

목동의 피리 소리
선우들 귓가에 날아 앉아
한가히 한가한 날은
언제일런고?
언제일런가??

입 없는 이 피리 불어
소리 없는 소리
삘리리 삘리리
한송뜰에 삘리리

잘 살펴 삽시다. 발밑을······
○ 목동 미소로 ｡

6 흠이나 티가 없음

한
옛날에도
그러했습니다

삼천
갑자 전에도
그러했습니다

칠백
갑자 전에도
그러했습니다

한
갑자 전에도
그러했습니다

50년 전에도
30년 전에도
그러했습니다

지금도
그러합니다
환!? 환!? 환!?

오온 깃발
펄럭펄럭
찢기고 찢겨도
늘 이러합니다

'나'
'늘'
이러히, 이러히!?
'!' '!' '!'
'그렇습니다'
늘……

O 잘 살펴들 가십시다. 오온에 물들지 말고 '소소영영하게'
O 미소로 빔에 ●

한가한 늙은 중
홀로 앉아 삼매 놀이
오라는 삼매는 어디 가고
쓸데없는 빔만 오락가락

개똥이 삼순이는
소꿉놀이 한창 삼매경 푹
시장 가고 밥 짓고 한창 소꿉 삼매 푹

내 홀로 앉은 바위
밥값 달라 시위하는
한나절 절규 빨리빨리
몸 달아 꾸벅꾸벅 이 뭐꼬!

개똥이 삼순이
소꿉놀이 접으니
초가집 굴뚝엔 연기
폴폴히 어서 오라 하는데

내 홀로 앉아

그 꾸벅꾸벅 꾸벅
빈 뱃속 꾸룩꾸룩
연기 따라 흘러 흘러 꿈

개똥이 삼순이
접은 소꿉놀이 저녁
연기 속 익은 밥 한술
쿨쿨한 잠 삼매 별따기

홀로 앉은 삼매 놀이
늙은 중 한가히
드르렁 드르렁 삼매
꾸벅꾸벅 환이어라!?

○ 잘 챙겨서 갑니다. 졸지 말고 '창'하니
잠에는 미소로.

내 가시거리가
쪽빛 하늘 되었네요
눈 번쩍 뜨니 내 눈에 있네요
숨 깊이 들이쉬니 코에 닿아 있네요
안녕, 인사말 하니
입에 머물러 있네요
안녕, 화답 소리 들으니
귀에 일렁이네요
갈바람 스치니 살갗에 나부끼네요
어, 이 무엇?……
생각 날개 펴 쪽빛에……

쪽빛 하늘에 내 가시거리
멀어져 멀어 쪽빛이네요
두 눈에는
온통 쪽물이 찰랑찰랑
콧구멍
두 굴에는 쪽물이 들락날락
한입
쪽빛 머금어 푸하하

두 귀
깊은 뿌리 쪽빛 원통인데
얇은 살갗
갈바람에 쪽물 살랑살랑
생각 여묾
쪽빛 물 촉촉촉……

쪽빛 하늘 파람
내 가시거리 물든 날
내 가시거리 둥긂 된 날
내 가시거리 한입 삼킨 날
내 가시거리 텅 빈 날
훨!
훨! 훨!

○ 잘 살펴 갑니다. 나란 뭘까? 뭘까??
파란 미소 。

내 칠좌는 긴팔 원숭이 손오공
성은 손 이름은 오공
손오공 여름내 무소식
여름이 가려니 오네요
구름 타고 더위 추위 없는 곳에 다녀왔답니다
그곳엔 요귀가 없을까?
요귀가 먼저 가서 손오공 기다렸나 봅니다
요귀인 줄 모르고 신나게
여름 뜰 누비며 놀다가, 놀다 바나나 먹고 싶어
한송뜰 생각났나 봅니다
사시사철 노란 바나나
주렁주렁한 한송뜰이
여름 해질녘에 번뜩!

한걸음에 구름 타고 오네요
뭔 말썽 부려 삼장법사 놀라게 할 참인지!?
훗
제법 칠좌 형답습니다
장난기 여전히 숨기고
답게 다움 보이려 하네요

애씀이 기특합니다
애씀이 대견합니다
여름날에 더위에 묻혀
골똘함에 닮이
골똘함에 들려 함이!……

마음 스님 아프다 하니 한걸음에 달려 왔습니다
헤이즐넛 커피 따뜻이 내려
떵까떵까 CD 앞세우고
손오공 칠좌 개구쟁이스럽게
그렇게 날아 왔네요
천진스런 미소 지으며 멋 한송뜰 날아 앉네요
한송뜰은 대도무문
문이 없어 참 좋습니다
대도에 들어감이!
대도무문!
확연무문!!
환! 환! 환!?!

잘 살펴 갑시다. 오온 끝자락 잡지 말고……
미소 손오공 ●

2560. 08. 26. 금요일

오늘은 음력 7월 24일
관음재일입니다
정해진 시간 속 관세음 노래 부르며
관세음보살이길 염원한
흐름 첫돌을 맞이합니다
후포 바닷가 십 만평 부지에
해수수월관세음보살상을 모시길 발원하며
관음기도참선정진을 게으름 없이
하루도 거르지 않고 이어온
한송뜰 친구들
몸과 맘으로 일심동참하여 주시는
여러 도우들 선우들 한송뜰 가족들께
합장 정례하옵니다
한결같은 마음으로
힘든 여정의 정진과 기도 공양을 올려주신
한송인들 감사합니다

님들의 뜻, 님들의 서원
꼭 이루는 그날까지 함께 갑시다
잡은 손 놓지 말고

도태됨 없이 여리지까지
늘 자비광명 함께 하소서
바라옵건데 남은 2년도
한송뜰 도반 선우로 도우로
우리 모두 한마음 맑게 밝혀
3년 회향 마무리 잘하길
마음 기우려 기원합니다

모두여 속히 자기 자신이 관세음보살임을 아소서. 모두여 행복하소서……
웃으며 일주년을 ●

한송뜰에
새벽이란 이름을 지나
아침이 열립니다

하나 둘 모이네요
빨간 새가 왔습니다
노란 새가 왔습니다
피란 새가 왔습니다
까만 새가 왔습니다
하얀 새가 왔습니다

감정 실어 말합니다
노란 새가 빨간 새에게
빨개서 라며 핀잔을
파란 새는 노란 새에게
노래서 싫다며 삐쭉
까만 새 파란 새에게
새파란 게 까분다며 혼쭐
하얀 새 까만 새에게
시꺼먼 게 누굴! 혼쭐을

빨간 새 하얀 새에게

하얘서 예쁘다며

마무리 엮습니다

엮어서 한 타래 만듭니다

우리 돌고 도는 한 타래

우린 한송뜰 무리

무리 한송뜰 우리

환! 환!

환!!?

○ 잘 살핍니다. 자기 발밑을
한 타래 미소로.

비가 오네요
하늘에서 비가 올 때
우리 모두에게 동일한 조건이 주어집니다
목마름을 해결할 만큼 받아 쓸 수 있는 그릇과
비를 피할 수 있는 우산이 주어집니다

비올 때 삼순이는 우산을
빗물 받을 그릇까지 씌우고 빗속에 있습니다
청순이는 99% 씌우고
자순인 편견의 동굴에
정순인 옆 사람 따라서
혜순인 자기 반 그릇 반
선순인 자기 몸만 우산을
홀순인 그냥 우산도 없이

비 그치고 나니
삼순인 한 방울 물도
청순인 1%로 젖는 듯 마는 듯
자순인 어두운 동굴 속에
정순인 약은 듯 미혹합니다

혜순인 그릇에 떨어진 만큼
선순인 비온 양만큼
홀순인 나와 남이 비온 만큼
빗물인 복을 받을 수 있네요

눈 가리고 아웅 한다는 말 오늘 되새겨 봅니다
우리가 누구에 속하는지?
지혜롭게 삽시다
남 속이는 것이 미혹입니다
자기 자신이 속는 겁니다
남 평가하지 말고 자기 자신 평가해 봅시다
남 원망하지 말고 자기 자신 원망 살 것 없나 살핍시다
남의 말 듣고 휘둘리며 어리석음에 빠지지 맙시다
남도 이와 같이 휘두르지 말고 자기 자신 관리나 잘 합시다
진실하게 삽시다
함께 유익하게 살며
바로 보는, 바로 듣는 님 됩시다
나무 관세음보살

○ 잘 살핍니다. 미끄러지지 않게 '자신을'
지혜의 미소를 ●

작은 토굴에 홀로 앉으니
감은 눈 보이는 세상
닫은 귀 들리는 세상
다문 입 재잘거리는 세상
조용히, 조용히 들어갑니다
적막강산 이 내 마음에
고요히, 고요히 적막한 이 강산
달빛 어스름에
노니는 일 없는 늙은이
늘 한가히 한가해
늙음 늙음에 드는데

칠보산 줄기 나들에는
갓 짜낸 아메리카노 무운인 양
우윳빛 실개 깔아 안개 마당 밭
뽀얀 안개 한 폭 한 폭 이슬 심어
하얀 솔바람 찻잔에 넣어
이슬로 차 다린 한잔 새벽

홀로 한 좌정

감은 눈
폴폴한 날갯짓 깨우고
닫은 귀
풀벌레 갈 부르며 열어
벙어리
입가엔 빙긋이
이 새벽 열어젖히는 '발'

칠보산 안개로 삐뚠 모자 쓰고
헬 수 없는 햇살 무리
찡끗 한쪽 눈 감아 보며
목 축여 목청 돋워 찌르르 맴맴
사시 공양예불 자성청정
청정한 울림 자성예찬
한송뜰 가득한 자성삼매
홀로 앉아
이러히 열어 열리는 날!

○ 잘 챙겨 갑니다. 이슬처럼 '나' 없음에
미소로 자성에 ●

한송뜰이란 우주일화
넓고 넓음을 말합니다
그 넓음에는 염화미소

넓고 넓은 하나 속에는
해, 달, 별, 너, 나
세상 모든 것이 함께며
나눔이 없는 한 일원을 한송뜰이라 합니다.
하나하나 모아져 일합상 이룬 모양
한송뜰입니다
제겐 그런 의미입니다
한송뜰 속엔
하늘도 땅도 바다도
해도 별도 달도 애도 재도
함께 어우러진 한통속

'한송뜰은 원통우주'
우린 그 한통 안에 한 가족
통 속에서 모여 사는 가족
한통 안의 알알들인 가족

알알들이 부대끼며 영역을 넓히려
아상이 아상과 작렬합니다
다툼이라 하죠
모두를 아우른 한송뜰이
찰나 찰나 아수라장입니다
탐·진·치의 큰 굴레 쓰고……

이젠 압시다
네가 내 핏줄이란 걸
이젠 압시다
내가 심장이란 걸
이젠 압시다
우린 주어진 역할 있음을
이젠 압시다
'너나' '나너'란 걸
우린 '하나'란 걸
우린 '한송뜰'이란 걸

○ 잘 챙겨 갑시다. 나인 쟤를…… 쟤인 나를!
한 송이 미소를 ●

비가 오네요
하얀 구름 만들려나 봐요
바람이 부네요
더 단단해져라 하네요
더 곧아져라 하네요
오늘 이 발자국 밟아 닿은 곳
가을 문에 이릅니다
여기에 이르렀네요 여기에……
어느 봄날에 긴 느지 늘여 피었던
그 긴 향기가 여름날들을 지나
송글한 송이로 송이송이 까칠해지면
알알이 통통 까칠함에 여물어 갑니다
그 까칠함 자존 세움
알알이 익어 가는 사춘기 날 세움
팔월 한가위 기다리며 알알이 탱글탱글 여뭅니다
한송뜰 자락에 탱글!
밤송이 까칠한
오늘은 팔월 하순 비 오는 날……

O 잘 살펴 갑시다. 오롯한 자기 자신 향해!
미소로 익어 감에 ▪